Ningún ocaso
demasiado intenso

José Luis Díaz Caballero

Ningún ocaso demasiado intenso

Velasco
EDICIONES

Primera edición: mayo de 2024

Diseño y maquetación: Monchi Álvarez

DL: AS 00481-2024
ISBN: 978-84-127603-3-0
Thema: FBA / IBIC: FA

Imprime: Tórculo
Impreso en España - *Printed in Spain*

Fotografía de portada: Cristina Motrel, @wircky

A EP

Entre el Yo presente y el Yo que hubiera aspirado a ser algún día se ahondaba en tinieblas el foso de los años perdidos.

Alejo Carpentier: *Los pasos perdidos*

Prólogo

Créanme, si hubiera sabido que el propósito de su viaje era este, habría hecho todo lo posible por impedírselo. Hoy, al recordar los detalles y charlar sobre el manuscrito de la novela, me sobrecojo. Quizá fui demasiado exigente. Quizá no supe ver que ese drama novelado escondía otro mayor. Les presento ahora un libro sobre aquella odisea. Si les digo que es extraordinario, no me creerán. Si les digo que yo soy, en cierto modo, su responsable, pensarán que exagero. Si les digo, desde el fondo de mi yo más profundo, que todo en él es cierto, que su viaje a Noruega fue de vida o muerte, que Dios irrumpió en su camino como aurora boreal, y su búsqueda del escritor y futuro premio nobel de literatura, Karl Ove Knausgård, fue un acto desesperado e insensato, pero lleno de verdad, pensarán que solo intento salvar a un amigo. Por tanto, decido no decirles nada. Tan solo, lo siguiente: la obligación de un prologuista es dar una idea general sobre el contenido de una obra sin desvelar el final, exponiendo los entresijos con cautela y objetividad. Este preámbulo responde a la petición del autor, aunque les confesaré algo, cumpliendo mi propósito de no aventurarles el final de este viaje: se trata de la historia de una gran travesía, de una extraordinaria peripecia; pero sepan que, entre medias, hubo otros muchos acontecimientos que yo mismo describiría en una novela, de haber tenido la suerte de vivirlos. Disfruten y vivan en estas páginas lo que sin duda en algún momento de sus vidas se habrán preguntado. Yo lo hice y no me arrepiento.

Leonardo SANTOS

PRIMERA PARTE

MADRID

1
Viajar

1

¿Por qué viajar? No les pregunto por un destino concreto, sino por el hecho mismo de movernos de un lugar a otro, de abandonar nuestro espacio vital y adentrarnos en esa ciega geografía que tanto nos seduce. Díganme, ¿ustedes viajan por placer?, ¿buscan en esa nueva ciudad, en los hondos parajes de la montaña o en las corrientes del océano una experiencia vital? Si es así, ¿en qué consiste? ¿Podrían describirla con emoción? Algunos pensarán que, en el viaje —no importa de qué tipo—, hay una suerte de desconexión espiritual. Se viaja para suspender los muros del hogar, para silenciar el ruido del trabajo o para oxigenarnos frente al tedio. Y lo comparto. El alivio es sinónimo de placer y, al igual que los placeres físicos, que tan bien describió Michel Houellebecq en su novela *Plataforma*, son un mecanismo de explotación colectiva. Por lo tanto, si el inicio de un viaje está marcado por el dolor y el acto de viajar sirve para aliviarlo, entonces no podemos decir que al viajero lo impulse un deseo altruista o intelectual. Miguel de Unamuno contempló esta idea al reflexionar sobre la naturaleza del viaje. Según él, viajar no es tanto una búsqueda de placer, enriquecimiento intelectual o altruismo, sino más bien una forma de escapar, una suerte de fobia que impulsa a las personas a huir de un lugar a otro, buscando algo más que la mera experiencia de estar en diferentes lugares. Para Unamuno, viajar es una respuesta a un malestar interno, no una búsqueda del disfrute o descubrimiento.

Si viajar no es natural, si en la aventura hay un grado de tristeza y arrogancia, ¿por qué lo hacemos? En su obra *El espectador*, Ortega y Gasset ofrece una dedicatoria a un grupo particular de jóvenes españoles, a quienes describe viviendo en una suerte de insatisfacción y descontento dentro de la vida provincial. Los visualiza casi como felinos cautivos, silenciosos y en apariencia hostiles, aguardando en un rincón de un casino, rodeados por un ambiente de desgaste y monotonía. Estos jóvenes, retratados como náufragos en un mar de trivialidad y superficialidad, son testigos del juego y las pequeñas políticas de las figuras influyentes locales. Ortega y Gasset dedica su ensayo a esos jóvenes rebeldes y autónomos, que se resisten a disolverse en un ambiente contaminado, y se inspira en la figura de un hombre libre y puro, que no se somete ni pide nada a nadie.

Pues bien, en aquel mes de agosto, yo no era un hombre libre. Vivía solo desde hacía dos años, aislado en una casa gigantesca que hedía a fracaso. ¡A fracaso! Mi mujer me había abandonado por otro hombre y los restos de nuestra relación, aún frescos, se acumulaban en todas las esquinas y rincones, en todas las estancias, en todas las paredes que un día registraron nuestra memoria sentimental. Imagínense mi esfuerzo por calmar el vacío del que fue mi hogar con libros, obras de arte y artilugios sin valor. La casa, concebida para el futuro, se instalaba ahora en el pasado, y lo agrandaba esparciendo ceniza en él, y llenaba los días, no solo las noches, de ocasos que tan pronto me obligaban a dormir como a conquistar el mundo. Me gusta esta última frase, porque viajar es sinónimo de conquista. Lo peor de un desengaño amoroso, créanme, es esa suerte de ímpetu invasivo que se extiende a territorios, ídolos de índole diversa. El despechado, pues, pretende abarcarlo todo, aunque no tenga fuerzas, aunque en su particular ocaso se extingan los puntos cardinales y no haya antorchas con las que imprecar a las tinieblas. Es, como se dice vulgarmente, un quiero y no puedo de extraordinarias dimensiones. Pretendo que este sea el relato de un viaje, y también, muy a mi pesar, la crónica del peor conquistador que ha tenido la historia.

2

Una amiga psicóloga me insistió, en las semanas previas a mi partida, en que el tiempo lo cura todo, pero jamás he estado de acuerdo con semejante afirmación. ¿Desde cuándo el tiempo ha tenido propiedades curativas? ¿Alguien en su sano juicio puede afirmar que su mero transcurso nos blinda frente al dolor?, ¿que las etapas del duelo refuerzan, como si fuesen hitos, nuestra inteligencia emocional? El tiempo es un constructor de recuerdos. Es el motor que agiliza una memoria inédita. Pero el dolor subsiste. Solo podemos aminorarlo superponiendo otros recuerdos, fabricando una memoria nueva que replique los dogmas de la antigua y aniquile, sin piedad ni miramientos, a sus agentes externos. Y yo, mientras debatía conmigo mismo la mejor estrategia, decidí viajar. Mi aspiración bélica —hubo otras inconfesables— era convertirme en un viajero y acumular así imágenes pictóricas que opacaran el fracaso.

Viajar no me era ajeno. Ya antes de mi separación, había recorrido mundo. Hablaba un inglés correcto, y eso me permitió transitar el desierto de Arizona buscando, quizá, madrugadas embebidas con *bourbon,* música *country* y peleas de bar. Sentía curiosidad, pero no más de la que sienten muchos turistas que alteran su zona de confort y luego regresan a ella con un puñado de fotografías. Y aquí les entrego mi primera confesión: mientras viajé con ella —no, no puedo darles su nombre— soñé ya con ser un viajero.

Ustedes saben que soy escritor, y que esa visión tan particular que tenemos los creadores nos impone observar el mundo de forma distinta, quizá con más detenimiento, quizá con mayor grado de cinismo, quizá expuestos siempre a una segunda lectura, una segunda pregunta o una revisión de la secuencia natural que ordena el tiempo. Sí, queridos lectores, en mis viajes por Estados Unidos, Brasil y el sur de África, yo actuaba como solo hacen los escritores. La pregunta que debí formularme es la misma que les he hecho a ustedes: ¿Para qué viajar?, ¿para contar lo visto? Esa habría sido la reflexión de Unamuno. ¿Para huir de ese ideal ilimitado en que se había convertido mi vida? ¿Para ser, como Baroja, el portavoz de los muchísimos héroes que no existieron en mí? Y, en cualquier caso, ¿a qué género literario debía acogerme?

El viaje es un vehículo imprescindible para cualquier escritor. El viajero es un observador nato, un analista en estado puro que penetra en esa segunda capa de la historia que acoge la esencia del ser humano. Y dado que el viaje siempre ha formado parte de mi ADN, me refugié durante meses en la novela *Ébano,* de Ryszard Kapuściński. Si no lo han leído, les daré dos datos: Kapuściński fue maestro de cronistas y reporteros, y una referencia para quienes han pretendido conjugar, alguna vez, realidad y literatura, denuncia y belleza, silencio y sonoridad. *Ébano* es una experiencia inmersiva, un viaje en toda regla a través de las arterias suburbiales de África:

> Siempre he evitado las rutas oficiales, los palacios, las figuras importantes, la gran política. Todo lo contrario: prefería subirme a camiones encontrados por casualidad, recorrer el desierto con los nómadas y ser huésped de los campesinos de la sabana tropical. Su vida es un martirio, un tormento que, sin embargo, soportan con una tenacidad y un ánimo asombrosos.

Son palabras del prólogo. Palabras que leí como una revelación. Palabras que me hicieron sentir frustrado, porque, siendo Kapuściński un espejo repentino del hombre que yo quería ser, lo que veía a mi alrededor era mundano, lineal y previsible. Una vida encorsetada por labores alimenticias. La culpa depredadora de quien, ansiando la aventura, rechazó las directrices que se imparten en los aularios de la vida. Y mientras Kapuściński subía a camiones salidos de la nada, atravesaba el desierto con los parias del continente y redactaba la mejor literatura en contra del sufrimiento humano, yo no era capaz de escribir. Ni periodista, ni aventurero y, en aquel momento de mi vida, tampoco escritor. Aspiraba a serlo, sí, pero no lo era. Mi admiración por él —debo decir que lo veneraba— me frustraba hasta el punto de considerarme un intruso en mi propia realidad, en mi rutina plana y desconsolada. Intruso y apátrida. Así me hizo sentir el maestro.

Decidí, entonces, aproximarme a él del único modo que me era posible: a través de la palabra, valiéndome de ella para embarcarme en un viaje que debía ser real y terminó convertida en una emulación frustrada. Así fue como inicié la escritura de mi primera novela, *El rugido de las sombras*. Al igual que Conrad se embarcó en un viaje a través del río Congo en busca de Kurtz, yo quise recorrer sus violentos eriales acompañado de un general y su tropa rebelde. No era ni pretendía ser una novela de aventuras, sino un decálogo sobre la locura y la maldad, sobre las complejidades de la globalización. Tuve la osadía de denunciar el uso del coltán, uno de los minerales más valiosos de la República Democrática del Congo, para fines tecnológicos, y de hacerlo con la misma vehemencia de Conrad y Kapuściński, con el mismo amor por el lenguaje, aunque sin su talento ni predisposición. Para afrontar una empresa de semejante tamaño, el estudio de una casa se queda pequeño, es demasiado estrecho y oscuro. Es probable que no pretendiera escribir esa novela, ni siquiera un artefacto de semejante calibre, sino viajar al Congo, absorber su aroma, acercarme con entusiasmo a la muerte y sobrevivir para contarlo. ¿Pude haber viajado, sin más propósito que vivir una terrorífica aventura y escribir sobre ella? ¿Debí haber renunciado a todo, resuelto a no evaporarme en mi ambiente de impureza? Supongo que sí. No fui capaz. Mi vida, en ese momento, se alejaba del viaje. Nada podía remediarlo, ni siquiera la certeza de estar apagándome, de sentir el ocaso en todos los momentos del día, incluso en los más literarios, en esos paréntesis en que me sentí renacer —sí, renacer— sin moverme del sitio.

El rugido de las sombras, ¡qué título tan pomposo y acertado a la vez! Y qué autobiográfico, porque, poco antes de su final, a tan solo dos capítulos para culminar la trama y con el desenlace revolviéndome las tripas, mi mujer me declaró, en una tarde de septiembre, sentados en el patio de nuestra casa, ensimismado yo en el gorjeo de los pájaros, que nuestra relación había terminado.

—Te has apagado —concluyó, casi sin pestañear, con la voz rasa de quien emite un veredicto, de quien sabe la verdad y la pronuncia.

—Apagarme... ¿No es una exageración? Reconozco —respondí sin perder la compostura— que ya no brillo con tanta intensidad. Pero desprendo luz, ¿no es cierto? Y si hay luz, también hay esperanza. Es más, estoy a solo dos capítulos...

—¿Estás a dos capítulos de qué? ¿De terminar una novela? No me interesa, amor mío. Tampoco te diré por qué. Vives en un mundo de ficción. Y la ficción no existe, es irreal. Inventar es de cobardes. Tú, un buen cobarde. Un cobarde con magníficos sentimientos. Un cobarde con una sensibilidad deliciosa. Pero cobarde, al fin y al cabo. ¿Ves cuántas veces he repetido la palabra? Y podría hacerlo muchas más. Cobarde, cobarde, cobarde y cobarde. No me gusta que lo seas. No te lo mereces. No te mereces a ti mismo. Creo, muy en el fondo, que esta decisión, mi decisión, me perjudica y te beneficia. Yo soy la víctima. Yo soy quien debería estar llorando. Y ninguno de los dos lo hacemos. ¿Sabes por qué? Porque digo la verdad. Eres…

—Un cobarde —concluí.

Sí, un cobarde. Un cobarde que seguía siéndolo pasados los años y al que, por razones que más adelante confesaré, le obsesionaba ahora Noruega y su escritor más célebre: Karl Ove Knausgård. Pronto sabrán por qué, pero sentí que viajar y revivir eran, en ese momento, mi única necesidad. Y por revivir me refiero a la escritura de la novela que debía explicar, por fin, por qué era ese maldito cobarde al que un día abandonaron por otro aventurero.

Recordé, de nuevo, las palabras de Ortega sobre Pío Baroja, y la idea de que para experimentar un renacimiento verdadero es necesario un regreso a los orígenes, a lo más básico y natural del ser humano. Según esta perspectiva, cada renacimiento cultural o personal implica una inmersión en el aspecto más primitivo y salvaje del ser. El autor donostiarra percibió en las ideas y creencias contemporáneas sobre arte, moral, política y religión un carácter de falsedad, una vida no vivida auténticamente. Esta aversión a ser parte de esa falsedad lo empujó hacia una postura escéptica, buscando desligarse de esos clichés y convencionalismos.

O como argumentó él mismo: «El tiempo de la escuela ha pasado ya. Ahora toca vivir». Vivir. Vivir mucho e intensamente. Vivir, con un pensamiento nihilista, sin correas, sin moldes, sin referencias, sin adjetivos. Vivir como un salvaje, escuchando la llamada y corriendo, como hizo Jack London, a su encuentro, a su regazo. Y una vez allí, inmerso en la salvaje, reventarlo, esparcir sus restos, liberarse del peso que nos impide asumir no ya lo salvaje, sino lo supersalvaje. Así supuse que debía vivir. Pero mientras planificaba mi renacimiento, olvidé algo fundamental: mi vida en aquella casa jamás compartida era cómoda, muy cómoda, dolorosamente cómoda. Y debía seguir pagándola. ¿Se puede ser un gran aventurero y también un gran deudor? ¿Entendería el banco un impago continuado de la hipoteca si le explicara, con un inventario de emociones y citas literarias, que debía seguir el camino de Baroja o Kapuściński y abandonarme al caos? ¿Y si les dijera que el caos era África? ¿Me habrían recomendado ampliar mi seguro de vida o, sin miramiento ni compasión, externalizado mi expediente para demandarme ante un tribunal?

¡Qué difícil es ser honesto! ¡Qué sufrido resulta ese proceso de limpieza, siempre trabado, en el que nuestra zona de confort se nubla con toxicidad y vencimientos! ¿Cómo se gestiona la rabia en estadios de precariedad? Yo sentía rabia, muchísima rabia, una rabia corrosiva que no hacía sino golpearse repetidamente contra una pared y regresar a mí. No importaba cuánto me esforzase, ni cuán extremas fueran mis habilidades terapéuticas: la rabia regresaba de forma inmediata, insolente y terca, como una enfermedad. ¿Caminaba, quizá, hacia la involución? ¿Era esa mi forma de renacer? Demasiado dolor, pensé. Es imposible renacer de esta manera, tan expuesto a la oscuridad, oscuro en mí mismo. Renacer debería conducirme a un estadio luminoso y balsámico, no a esto, no a tantos días sintiéndome envenenado. ¿Saben qué hice? Compartirlo con la única persona que podía entenderme, el único ser que superaba mis niveles de mundanidad: mi padre. El hombre al que debía mi supervivencia. El sujeto más crítico y mordaz con los devaneos, incluidos los suyos, y los que, sin duda, he heredado de él. El ser al que debo y quiero escuchar, aunque no comparta su estilo de vida y lo odie. A mi padre jamás lo impresionaron África ni Noruega. Porque Noruega —algo le había avanzado— irrumpió en mí con furia desatada y merecía para él una explicación, quizá un análisis emocional que justificara su importancia. África y Noruega representaban lo mismo, y tenía su origen en un indomable desencanto del que él, por ser mi padre, se sentía responsable. Y ahora, por razones que supo evidentes, analizó sin ambages mi extraña necesidad de viajar al país nórdico.

Mientras me hablaba de Ortega y su teoría —muy descarnada, por cierto— de Pío Baroja, mi padre recondujo la conversación.

—Aunque no llego a comprenderte, porque de lo contrario estaría admitiendo que te eduqué mal, quizá en las reflexiones de Ortega y Gasset se encuentra la clave.

—¿De mi viaje a Noruega?

—Así es.

—¿Y cuál es, padre?

—Para escribir tu novela, no necesitas viajar a Noruega. Quizá debas asumir como cierta la paradoja entre ser un hombre contemplativo y desear ser un hombre de acción. ¿No acabas de decirme que, para Ortega, Baroja era un hombre enfadado con sus limitaciones, y que empleaba la ficción para crear una existencia paralela, para vivir dentro de un paréntesis, junto a sus personajes?

—Así es.

—Bien, veamos de qué modo encaja tu posición con la de Baroja. En primer lugar, no eres nihilista. Eres abogado, defiendes la ley, te aprovechas del dinero que ganas con ella, te gustan los placeres de la vida… ¿Así cumple un hombre de hoy con los dogmas del nihilismo?

—Pero el mundo es injusto. Tú resignación hacia él no es la mía. Bien lo sabes, padre.

—Lo sé y no lo dudo, pero creo, más allá de tu repentina misantropía, que todo se resume en algo más pedestre: te enrabieta que tu mujer te haya abandonado. Por lo tanto, si lo deseas, hablaremos de la globalización y los desequilibrios productivos. O de la nueva esclavitud. Lo que pesan más son tus cuernos, créeme, más que el cuerno de África. Supongamos que estás en lo cierto. ¿Por qué citas a Baroja?

—Porque él escribió sobre su dolor.

—Ya hablaste del dolor del mundo en *El rugido de las sombras*, y no te fue suficiente. Ahora quédate en Madrid y haz como Baroja. Escribe sobre tu dolor.

—Eso intento, y quiero hacerlo allí, en Noruega.

—Observemos lo siguiente. ¿No era él un hombre anciano y calvo que se paseaba todos los días soñando ser como sus protagonistas?

—Sí, pero no te comprendo.

—Es muy simple. Al menos, él hizo algo y le salió barato. Es un plan mucho más productivo que el tuyo. Renació, dijo Ortega, sin caer en el concurso de acreedores.

Mi padre. ¿Qué decir de él? Si intentara describírselo, tan solo verían a un padre, ordinario y sencillo como cualquier otro. En mis días «bajos», ese padre común aparecía ante mí como una revelación. Siempre con la frase adecuada, con la cita literaria correcta, con el pensamiento pragmático del padre. Evítenme una descripción física que a nada conduce, porque les aseguro que la imagen resultante sería la de Dios —de él hablaré en este relato— y eso me restaría credibilidad. Yo quiero ser creíble. El dolor, el delirio y una imaginación descontrolada son reales para mí, así como mi inclinación hacia lo profundo y subterráneo.

Las palabras de mi padre jamás me fueron amables. Pero ¿existe la amabilidad en tiempos de descomposición, en los instantes en que el desdichado espera ardientemente la consecución del milagro? No, mi padre era y es adicto a las sentencias, a los silogismos, a la emulación de los grandes pensadores, de los grandes humoristas y de los muchos padres que salvaron la vida de sus hijos. Así era, más allá de su físico y la edad. Más allá de la rabia acumulada durante años, que es la rabia de tantas mujeres y hombres anudados por la decepción. Mi padre, nada más y nada menos que él.

Aunque los comentarios de un padre puedan parecer estúpidos, es aún más tonto descartarlos sin más. ¿Tan mala idea era escribir sobre el desamor, el abandono, mi mediocridad aspirando a la aventura, cuando ahora me sentía solo, lleno de dudas, previsible en mis decisiones, en mis anhelos, como mi propio padre? Imaginemos que mi vida era esa, y que debía desvivirla para lograr renacer. Imaginemos que la herida causada por el abandono ya no podía curarse con conceptos, casi siempre manidos, sino con acción. ¿No era esa una aventura de mayor calado, de mayor riesgo que un viaje turístico por el corazón del Congo? ¡Sí, maldita sea, esta vez viajaría de verdad! Muchas gracias, padre, pero Noruega me espera. Te he obedecido siempre y seguiré haciéndolo, pero no en esto. Solo podía escribir mi novela a orillas del mar de Noruega, lejos de todo y lejos de mí. También, gracias a usted, don José, y a usted más todavía, maestro Baroja, hombre de acción que vivió cautivo en las anchas avenidas de este país, desoyendo reglas y principios, o asumiendo ambas con la tenacidad de un rebelde. Yo debía escribir, otra vez.

3

La novela debía titularse —más que un deber, fue un instinto— *Sudor y lluvia tras el fin del mundo*. Les aseguro que me lancé a su escritura como un auténtico viaje: un viaje hacia el interior de mí mismo; el viaje que aclararía la confusión, iluminando cada recoveco; un viaje estático, desde la comodidad de mi casa endeudada y alejada de lo sacro, de mi conocida zona de confort. «Adiós, República Democrática del Congo, escenario de mis fantasías en donde alguna vez me imaginé aventurándome», me decía mientras sostenía el manuscrito como si el Congo pudiera percibir mis palabras, como si mi íntima fascinación por el país, cuyo origen debía atribuírselo a Conrad, se desvaneciera delante de mí: «Este es mi viaje. Y, con un poco de suerte, encontraré a Kurtz y reinterpretaré su historia. Yo seré el que confronte su locura».

Había descubierto, por entonces, y quizá motivado por las lecturas foráneas con que siempre se deleitó mi padre, al escritor noruego Karl Ove Knausgård. ¿Están familiarizados con *Mi lucha*? Y no, no me refiero a esa obra, sino a los seis volúmenes que se han comparado con *En busca del tiempo perdido*. ¡Un autor noruego con ecos de Proust! Pero con una distinción: mientras el maestro francés se encerró en su habitación, Karl Ove se embarcó audazmente en un viaje poliédrico.

Fue en Knausgård donde encontré un reflejo lejano, un territorio desconocido pero regido por las mismas normas, las mismas dudas de aquellos que buscan conectarse con los demás. Inseguro, como yo, y aspirante. Abducido y ensimismado por la sombra de su padre, al igual que yo. Henchido de naturaleza y música, de arte y fascinación por el misterio, al igual que yo. Desde el inicio, quise emularlo —él también se enfrentó a diversos y muy traumáticos procesos de ruptura, al igual que yo— porque intuí que, tras el cierre de su serie, ya habría resuelto todos los enigmas. Además, su vulnerabilidad se presentaba como parte integral de su atractivo, su apariencia, y esos gestos medidos que, a menudo, sorprenden. Él era, y lo reitero, mi equivalente personal a Kapuściński. Lo necesitaba en mi vida, al igual que a mi padre. Al igual que el cuaderno de verdosas tapas que debía ser mi salvavidas en este largo viaje.

4

Cuando me encontraba sumergido en la escritura de *Sudor y lluvia tras el fin del mundo*, recibí la visita de mi exmujer. Deben saber que, a pesar de vivir separados, ella aún conservaba en mi casa muchos de sus enseres. Algunos de los cuales, por razones obvias de salud mental, escondí en armarios, cajones y demás escondrijos. Me dijo que, en primer lugar, necesitaba unas zapatillas de deporte que había comprado tiempo atrás en un lugar que no recordé.

Después, añadió:

—¿Conoces a Fran?

Fran, ¿cómo no iba a conocerlo después de dos años? Haré aquí un breve paréntesis. Ver a quien fue mi esposa en el hogar familiar, libre de sus paredes, de su grisura y de los múltiples rincones que un día cimentaron nuestro abrupto final, me causaba envidia. Envidia y un repentino calor en mis manos que no podía calmar. Además, el aire. El aire encapsulado y denso, que tanto nos abofeteó en tiempo de ruptura, regresó con ella. Me era difícil respirar sin que mi pecho evidenciara el esfuerzo. Me fue imposible neutralizar su perfume. Eran ella y, por supuesto, Fran. El *gran* hombre que balcanizó nuestro territorio común, brindándole a mi exmujer una existencia paralela durante más de un año, y al que yo, más allá de la curiosidad y el odio, solo conocía por medio de fotografías. Fran, el eterno profesor que la conquistó para siempre en una de sus clases de edición y al que yo dibujé como un ángel de carne.

—Por supuesto que lo conozco —respondí.

—Fran es un tipo maravilloso. Creo que te llevarías bien con él. En solo dos días haremos un viaje muy especial.

—Todo viaje es especial —repuse.

—No como este. Verás, Fran es fotoperiodista y le han propuesto hacer un reportaje sobre Kapuściński. Y dado que él siempre ha querido viajar al Congo, ha pensado homenajear a su maestro visitando las minas de coltán como lo habría hecho él. Es una buena idea, ¿verdad?

—Es una idea magnífica —admití.

—Viendo tu cara, deduzco que estás pensando en algo —afirmó ella.

—Pienso en Kapuściński. —Era imposible no hacerlo, no asociar al *gran* hombre con mi admirado reportero polaco, con la figura a la que deseaba emular, con el maestro que también creaba escuela en mis enemigos. Kapuściński, mi ejemplo, el escritor que supo recorrer el mundo mirando sus entrañas. Mi inspiración eterna para cambiar de vida y renunciar a todo cuanto fuera prosaico y fútil.

—¡Un momento! ¿Estás organizando un viaje? —preguntó, mientras revolvía mis cuadernos y libros—. ¿Quién es Karl Ove?

—Es un escritor noruego al que llevo leyendo desde hace varios meses.

—Entonces, ¿vas a entrevistarlo?

—No. ¿Por qué habría de hacerlo? No soy periodista.

—Siempre has querido entrevistar a un escritor famoso. Y aquí veo muchas notas. Dime la verdad —me animó.

—No hables así.

—Entonces, ¿estás planeando un viaje a Noruega para entrevistar a este Karl Ove?

—No exactamente. Me marcho para escribir —repliqué.

—¡Me cae bien! —exclamó, mirando la foto de Knausgård.

—Ni siquiera sabes quién es —rebatí.

—Pero me gusta su rostro. Seguro que a Fran se le ocurre alguna idea. Se lo comentaré.

5

> En las márgenes del río Congo, una estrecha falúa me espera. El sol brillando en las balsas de lodo alrededor del casco. Las aguas fluyen calmadas, pero en sus espesos meandros, sospecho, se esconde el infierno.
>
> FOK

Siempre he creído en la conexión profunda entre los lugares y el autoconocimiento. Azorín, en su libro *La ruta de Don Quijote*, pinta Argamasilla de Alba, hogar de Miguel de Cervantes, como una vasta planicie de casas bañadas de sol. Argumenta que el *Quijote* es el refugio de Cervantes frente a esa realidad abrasadora. ¿Cómo se habría descrito Cervantes sin don Quijote? ¿Habría emprendido un viaje introspectivo sin él?

Durante los momentos más oscuros de mi ruptura, la introspección, aunque literaria, se sentía como una traición hacia la anhelada felicidad. Y ahí estaba, fuera de mi estudio, un árbol espléndido, desafiando mi dolor. Árboles tras la ventana y árboles a mi alrededor, siempre vigorosos y frescos, siempre dispuestos, como sucederá en mi viaje, a recordarme lo gruesa que es la raíz de la vida. Y Karl Ove, con su manera de desglosar la oscuridad y encontrar luz en ella, me ofreció un refugio. No un refugio de la realidad, sino una perspectiva diferente: la reinvención de la tragedia a través de la novela y la memoria. Para materializar lo que era ya un propósito emocional y literario, debía viajar a Noruega. Pero antes, necesitaba dejar de llorar. Lloraba mientras escribía, lloraba cuando mi exmujer habló de su episodio en el Congo. Lloraba porque su abandono por un tipo tan parecido a quien yo quería ser equivalía a una doble negación: yo, negado por quien más me conocía; yo, negado por el futuro y cualquier posibilidad de redención.

Mi padre, con su forma pragmática de ver la realidad, cuestionó mis razones para viajar a Noruega. Cuando citó a Ortega hablando de Baroja (cada vez lo hacía con más frecuencia), no buscaba compararme con ellos, sino mostrarme una forma diferente de vivir la aventura: la expedición literaria, vista su propia naturaleza, no agravaría mi situación económica.

6

> Decirle *patrón* a un joven de apenas quince años siempre me ha resultado incómodo. En nuestra primera jornada, abordamos los cuatro grandes males del país: la violencia, la corrupción, la explotación mineral y el ateísmo. «Si quienes proclaman su fe verdaderamente creyeran, el demonio no merodearía las aguas del río», comentó. Y tenía un punto de razón; al atravesar la falúa, una capa turbia nos impedía ver su profundidad. La voz del patrón se entrelazaba con sutiles murmullos que, inquietantemente, parecían respaldar su advertencia.
>
> FOK

¿Cómo prefieren viajar? ¿Se acompañan de una guía turística o de un cuaderno para sus propias notas y comentarios? ¿Lo hacen llenos de entusiasmo o, a veces, sienten que viajan movidos más por la decisión de otro que por la propia?

Mientras estaba en el avión, mi atención se centraba en la libreta, sin permitir distracciones. Plasmar en palabras el intrincado tejido de uno mismo no es tarea fácil, en especial cuando abordas el desgarrador espectro del dolor. Pero entre líneas, también emergen recuerdos y conflictos. A menudo, las interrupciones pueden desviar la tinta, o peor aún, hacer que la pluma se detenga por completo.

Escribía sobre el dolor y la traición, sobre el amor y la pérdida. Pero ¿qué es exactamente una infidelidad? ¿Por qué se tiende a dramatizarla tanto? Reflexionando, entendí que no podía centrar la historia únicamente en ello. Había un mundo entero detrás, otras corrientes y ríos de emoción que desembocaban en esa realidad dolorosa. Para darle vida a mi narración, debía mirar más allá, bucear en los matices y las zonas grises que existen entre la dicha y el dolor.

En los días previos a mi partida, mi gran amigo Leonardo Santos se prestó para ser el primer lector de los primeros capítulos (aún debía abordar el tramo más arduo de escritura) de *Sudor y lluvia tras el fin del mundo*. Aún recuerdo nuestro primer encuentro en la Feria del Libro de Guadalajara, cuando él dirigía la editorial *Buscando a Chomsky*. Allí me confesó su devoción por la mal llamada *autoficción*, y por aquellos autores relegados a un segundo plano por la crítica y los popes del mercado editorial. Desde ese día, que fue para ambos confesional, nos convertimos en hermanos. Su opinión sobre mi novela fue positiva, aunque destacó un defecto. Un defecto corregible, pero mayúsculo:

—El personaje femenino no es creíble.

—¿Tú crees?

—Percibo una cierta impostura en el narrador. Es probable que te hayas aproximado a él con la voz inadecuada. Te propongo lo siguiente: reconstrúyelo empleando la primera persona.

—Pero eso supondría instalarme dentro de ella. No sé si podré soportarlo.

Mi amigo, que es maestro de escritores y hoy compañero de editorial, sonrió, como algunas veces sonríen los enemigos, gesticulando esa verdad que solo conocen ellos y que, por su envergadura, saben definitiva.

—Te enfrentas, entonces, al auténtico viaje. Ese es y no otro. Y menos aún la búsqueda de Karl Ove.

¡Por Dios, cuánta razón tenía! El personaje femenino estaba tan cerca de la realidad que era irreal. Demasiado plano, dijo Leonardo. Demasiado apegado a la rutina, a su vis funcionarial —era trabajadora del Ministerio de Sanidad—, a ese descenso superficial a los infiernos que, tal y como se reflejaba en la novela, nada tenía de sugerente. Hoy sé que la ficción es el espejo de lo cierto. No tiene por qué ser real, ni apoyarse en rasgos perceptibles, en ademanes que un día alimentaron la memoria. Lo cierto, que también es verdadero, puede ser ilusorio, imaginado, exagerado con los muchos recursos que nos facilita el dolor y se esconden debajo de las emociones más destructivas. La ficción literaria resulta fidedigna, por ello debe utilizarse como una herramienta salvaje. Salvaje era poner voz a un personaje inexplicable y dolosamente plano. Salvaje era mirarme desde las entrañas de alguien a quien conocía muy bien, a quien llegué a odiar y a quien debía reconstruir si deseaba que la novela, mi novela, fuera verosímil. Y si algo me exigía mi amigo, que también conocía a Karl Ove, era verosimilitud. Por eso hoy el manuscrito de *Sudor y lluvia* y el primer tomo de *Mi lucha* están unidos, asociados física y literariamente.

Una de las características más sorprendentes del escritor noruego es la sobriedad de su prosa. Clara pero profunda. Knausgård a menudo expresó sus propias inseguridades sobre su trabajo, calificando su proceso como «demasiado sencillo». Pero en esa sencillez radica su maestría. Al igual que él, me propuse fusionar recuerdos y ficción, buscando autenticidad en cada palabra. La ficción literaria puede ser el reflejo más fiel de nuestras verdades, si la manejamos con valentía y honestidad. En mi proceso de escritura, enfrentarme con la verdad solo era posible si la musculaba con retórica y recursos, con metáforas y mentiras. Karl Ove, al igual que Leonardo, me abrió un camino tan intransitable como necesario.

SEGUNDA PARTE

NORUEGA

1
Oslo

1

Durante el vuelo hacia Noruega, escribí con la convicción de que ese país me brindaría el desenlace de mi novela. No, así no es como uno debe aterrizar en un destino desconocido. No fue sorpresa, entonces, que mi llegada al aeropuerto de Oslo pasara desapercibida. ¡Qué diferente hubiera sido la recepción en Kinshasa! Sin frescura, pero con ese aroma a raíz y barro que tanto impresionaron a Conrad. Sin melodía, pero con el ruido embrionario que solo sucede en el centro de la Tierra. Sin orden, pero con esa procesión de sombras que tan pronto hieden a gasolina como al perfume salvaje del diablo. Un autobús marcado con las siglas FB2 me dejó bastante lejos del hotel, junto a una marquesina desnuda, sin ningún anuncio. *Inútil destino el de mi voluntad,* como escribió mi EP. Inútil mi vendaval de emociones que me empujaban hacia la catarsis y el descontrol. Me encontré caminando por un sendero flanqueado por pinos, el aire fresco llevando consigo el aroma de sus copas. El hotel, ubicado al borde de una autopista, imponía por su tamaño, pero también resultaba impersonal, estéril; un refugio ideal para empresarios que no buscan más que anonimato y eficiencia. A lo largo de la calle, se alzaban casas nórdicas de madera, tan pulcras y vidriosas que parecían salidas de un catálogo.

«Reinventar el fracaso». Esa fue la reflexión que abrió una nueva página de mi cuaderno, mientras cenaba en un McDonald's, idéntico a todos aquellos que había visitado con anterioridad. Ahí me encontraba, enfrentando la hamburguesa de siempre, rodeado de un mobiliario tan familiar que parecía burlarse de mi noción de aventura. «¿Cómo puedo unir este viaje con la imperativa necesidad de escribir?» fue la última frase que anoté aquella noche. Minutos después, vibró mi teléfono con un mensaje: «¿Ya has leído la crónica de Fran?».

2

> El patrón de la falúa confiesa haber sido un niño de la guerra. Adicto a casi todo, en especial a la sangre, y, sobre todo, a esa imagen musculosa de Dios. Según el comandante de la milicia, viajan armados con fusiles de asalto para defenderse del demonio, para salvaguardarnos de sus contaminaciones. Su narración, conmovedora y llena de insinuaciones, me hace reflexionar sobre mis propias devociones —todas características de un hombre blanco— y en cómo percibo el valor de la muerte. A lo largo de las márgenes del río, la vegetación crece mostrando colores ambiguos. «Estamos cerca», dice el patrón. «¿Cerca de qué?», respondo. «Cerca de todo y de nada a la vez».
>
> FOK

Antes de continuar, necesito desahogarme un poco. ¿Por qué el amante de mi exmujer usa las iniciales FOK? Esa pregunta me asaltó poco después de leer su crónica, mientras organizaba mi material para la jornada en Oslo, inquieto, claro está, por *profundizar* —creo que es la palabra justa— en el retrato aún incompleto de mi novela.

F podría ser por Fran. ¿O por Óscar? Francisco Óscar suena a construcción artificial. Pero ¿qué hay de la K? ¿K como en Kapuściński? No, demasiado obvio y algo inapropiado. K… ¿Quizá K de OK, es decir, Oskar Kokoschka? Espera, ¿se refiere al pintor austriaco, al que los nazis tacharon de «degenerado» durante la Segunda Guerra Mundial? ¿El mismo que se autorretrató de manera tan cruda y grotesca? Esa K, que cierra las crónicas del Congo, no deja margen para interpretaciones. Cada posibilidad me resulta invasiva, me sacude y me sumerge en el engaño. Engaño nacido de la envidia. Envidia surgida del resentimiento. Resentimiento que alguna vez fue amor.

¿Por qué les hablo de él, de FOK? ¿Por qué, en mi primer día de viaje, cuando Oslo se despertaba rodeado de una neblina tan envolvente? Desde la ventana de mi habitación del hotel, intenté descifrar la silueta de la ciudad, pero me encontré maldiciendo a FOK y al yo idealizado del que parecía no poder liberarme.

El yo furioso. El yo impaciente. El yo afectado por un tipo de ceguera, que es más emocional que física.

Ambos, FOK y yo, tan parecidos, ambos distraídos por la subjetividad y la palabra. Montando el mismo caballo que parece no conocer su destino y tampoco tiene la energía necesaria para sumergirse profundamente en cualquier viaje. Ante mí, veía dos posibles caminos a seguir. ¿Era envidia lo que sentía? ¿Lo veneraba? ¿Era mi rival en aquella lucha intestina por conquistar la aventura? ¿Era consciente de lo mucho que pensaba en él, de cuánto lo odiaba? ¿Se sabía protagonista de las múltiples escenas de cama que aún guardo en la memoria? Les contaré una que fue demasiado real. Aparqué en el garaje (no en la puerta principal, como era de costumbre). Malgasté un par de minutos dentro del coche. Me descalcé y subí con paso cansado las escaleras que conducían al vestíbulo. Nada crujía y nada brillaba. Ni las paredes ni el suelo de madera. Ni el techo ni sus rodales diurnos. En la cocina flotaba una sombra macerada con polvo. Dejé mi abrigo en el armario de la entrada. Me miré en el espejo. Subiendo las escaleras, revisé la correspondencia. Una vez arriba, y antes de entrar en la habitación, me desnudé. Ahora me pregunto por qué. ¿Porque desnudarme en el pasillo era algo más que un tic fetichista? ¿Porque era morboso? ¿Porque era acto de afirmación frente al cansancio y la mundanidad?

La ropa, en la barandilla de cristal. Los zapatos, afilados y sexis, destellando bajo la luz tubular del pasillo. Y de repente, un ruido. Una especie de ruido estropajoso, seguido de un mordisco, o de un mordisco amplificado, o de un gemido rebatido por otro. Giré el pomo. Movimiento mudo. Que no se oiga. Que no quede escrito en el aire. Tres cuartos, un círculo casi imperfecto. Y allí estábamos los tres, desnudos, dos en la cama y yo, quieto, avergonzado y muerto.

En este estado de muerte y desconexión, que se prolongó durante meses, FOK (estas siglas se volvieron familiares más tarde) representaba la huida. La huida con ella, mi exmujer, a la que tanto temí, y de la que Oslo y mi novela debían protegerme. Pero también la huida emocional del que se sabe nómada y practica su condición sin remordimientos. Si hay una novela que aborda este concepto tan anhelado por mí es *Los pasos perdidos,* de Alejo Carpentier. El maestro de lo indígena, de la *cubanía,* del compromiso revolucionario con la literatura al que yo también aspiraba desde hacía tanto tiempo, escribió:

> Porque la víspera de nuestra partida yo había invocado ese anhelo familiar de evasión, dándole a la gran palabra aventura todas sus connotaciones, como una «invitación al viaje», una escapada de lo cotidiano y encuentros inesperados, vislumbrando paisajes deslumbrantes como los de un poeta alucinado.

Esa era una posibilidad, cercana a FOK, pero alejada de mí. Sin embargo, había otra opción, no opuesta, sino complementaria, discreta y reflexiva. Una opción que Miguel de Unamuno, maestro de la observación del que tanto aprendí en mis primeros viajes por España, describió como vivir con intensidad, vivir con el alma entera.

¡Qué frase tan bella! Vivir con todo el ser, con la esencia misma y no con lo superficial. Y a eso, yo añadiría: viajar no solo con los ojos y los oídos, sino con el corazón y el alma, no dejándose guiar por los sentidos que a menudo solo rascan la superficie de la experiencia. Viajar con profundidad, no como un mero turista, sino como un viajero. Sin dejarse llevar por estereotipos o superficialidades, como las de FOK, que a menudo distorsionan más de lo que revelan.

Les hago esta confesión porque, a pesar de la belleza innegable de Noruega, y de Oslo, su capital, con todas sus múltiples facetas y rincones que destilan historia y cultura, sentía la necesidad de buscar algo más, algo más profundo, algo que se asemejara a las verdaderas aventuras de FOK.

Con estos pensamientos rondando en mi mente, atravesé un bosquecillo de pinos que me llevó hasta la estación de Trasternd. Allí, en el andén, esperé bajo un techo que mostraba signos del paso del tiempo, marcado por la suciedad y sostenido por columnas que parecían haber visto días mejores. La mañana, aunque gris, estaba llena de vida y movimiento. El silencio era solo interrumpido en ocasiones por el ruido de pasos apresurados y voces distantes que rebotaban en las paredes de hormigón. Luego, un chirrido anunció la llegada del tren. A medida que avanzábamos, las luces de la ciudad empezaron a filtrarse a través de la ventana, ofreciéndome mi primera visión de Oslo: edificios de ladrillo rojo que brillaban bajo el sol matutino, calles cubiertas de un manto verde de árboles y personas, no demasiadas, comenzando su día con el fresco aire nórdico envolviéndolas. Yo, en el preludio de una resurrección a vida o muerte.

3

Permítanme hablarles un momento sobre la melancolía. Si no estoy equivocado, Francisco Umbral se atribuía un estado permanente de alteración al que definía como tal: *melancolía*. El mío era, sin duda, un estado melancólico. Si eliminamos del término cualquier connotación poética, nos queda un cuadro clínico, disfuncional, apto para la terapia, como los demás trastornos de la conducta.

La melancolía es una enfermedad de poetas y visionarios, de creadores enemistados con el mundo. Es un trofeo al que no todos aspiran. Sucede también con las ciudades. A diferencia de Lisboa, que rezuma *saudade* por sus cuatro costados, hay otras que, estando enfermas, carecen de melancolía.

Las Vegas es una ciudad febril y lasciva, pero no melancólica. En La Habana late el malecón, pero no se atisba la melancolía. Moscú es adusta y bestial, acorazada y sumisa, pero no melancólica. El desierto es lacerante, no melancólico, como tampoco lo son los ríos que atraviesan España.

Melancólico era Hamlet, el joven Werther, y también el más sentido de los heterónimos de Fernando Pessoa: Álvaro de Campos. La melancolía ha sido un tema recurrente para los grandes maestros. Pienso en Virginia Woolf y su novela *Una habitación propia;* en Søren Kierkegaard y su obra *La enfermedad moral;* en Fyodor Dostoievski y su desconocida *Memorias del subsuelo.* Pienso en el pseudodiario que escribí poco después de que mi exmujer se marchara de casa. Sus páginas, emborronadas con recuerdos de viajes pasados, de música compartida y de promesas tan nocivas como inconfesables, un ejemplo de melancolía. Incluso, cuando decidí quemarlo en el jardín, acompañado por un gato callejero que me observaba silente desde la tapia, sentí un acceso de melancolía. Allí morían lo compartido, lo proyectado, las múltiples confesiones que me abrieron en canal ante ella, y también el imprudente anhelo de que regresara conmigo al hogar que contaminó junto a FOK.

Esta es, sin duda, la perfecta combinación entre la exuberancia y la muerte. O, dicho de otro modo, solo en parajes que guardan alguna semejanza con el cielo y el infierno, el ser humano disfrutará de su melancolía con absoluta libertad.

¿Es lícito decir que un país es melancólico? ¿Puede el viajero albergar semejante idea sin visitarlo? ¿Puede la literatura unificar los mejores prejuicios, y los peores, hasta el punto de tamizar de forma incorregible la mirada del viajero?

Responder a estas preguntas supone contarles la historia de Oslo. Desearía decirles que me interesaba, que sabía de ella o que fue mi deseo empaparme de información —más allá, por supuesto, de la sucesión de datos y fotografías de la guía de viaje— cuando salí de la estación central y me encontré, para mi sorpresa y disfrute, con una ciudad aún adormecida bajo el sol, pero vibrante y acristalada como pocas. ¿Qué hice en esa primera hora de trayecto, hora de insomnio y ceguera, hora en la que el viajero que no desea ser turista analiza sus porqués y se los lanza como si fueran sentencias, como si todos los gestos, al igual que todos los nombres, fueran ridículos?

Junto a la estación central, en una plaza ornamentada con bronce y vidrios de delgada textura, encontré la oficina de turismo. El aire, que era grueso y silboso, me entristeció tanto que me llevé en el rostro una bofetada de ceniza. No soy un viajero al uso. No era, en Oslo, un viajero al uso.

Tampoco mi aspecto se parecía al de aquellos camaradas —permítanme usar esta palabra— que, ataviados con sus enseres de viaje (pantalones de montañismo que se adaptan a la perfección al tránsito por ciudad, gorras contra el sol y cámaras fotográficas) preguntaban, siempre a primera hora, a los funcionarios de la oficina por los principales monumentos. No. Cuando viajo solo, me propongo ser discreto, porque mi viaje lo es, porque lo afronto, el viaje, con absoluta inferioridad, porque soy consciente —y en Oslo lo fui— que él me supera, me examina, me adoctrina contra mí mismo. Dado que coger un mapa es imprescindible, yo lo introduzco en mi cuaderno con discreción, como si allí fuera a reinventarse, como si las palabras, direcciones e iconografía de la ciudad extranjera fueran a traducirse no ya a mi idioma, sino a mi discurso interior. Por tanto, caminé.

4

Oslo es una ciudad ordenada. Sus enclaves asoman con absoluta docilidad, como si fueran joyas de una corona encimada en un promontorio. Me dirigí al palacio real. Muchos turistas, incluido yo, caminábamos por sus jardines. Había cuatro guardias en la entrada principal. Uno de ellos me observó con detenimiento. Sus ojos eran claros, y su imponente estatura opacaba el trenzado de la verja:

—¿Puedo ayudarte en algo?

—No, muchas gracias.

—¿De dónde eres?

—España.

—¿De qué parte exactamente?

—De Madrid.

—¿Qué haces aquí solo?

—Viajo.

—Viajas… No pareces un viajero.

Imaginé a la familia real observándonos a través de la ventana, deleitándose con el trasiego disperso de los visitantes y el sonido de la grava. También conmigo. Cuando el vigilante se aburrió de mí, me senté en uno de los caminos ascendentes, contemplando a dos corredores sudorosos que chocaban sus manos con satisfacción. Lo hice, no sin envidia, junto al monumento ecuestre de Carl Johansson. Erguido, broncíneo, con el gesto de autoridad de quien se cree impermeable al tiempo, Johansson observa la ciudad sabiéndose grandioso, monumental, sin más trayectoria que la hagiográfica y sin pecados ni fracasos en el marasmo de la estadística. Si la estatua del afamado político noruego y yo nos parecíamos en algo, era en la quietud. Pero la mía era diferente, miedosa y reflexiva, un estado de necesidad en el que escribir era mi refugio particular. Y no lo digo en sentido metafórico.

Refugiarme en la escritura, especialmente en la novela, me permitía agachar la cabeza, simular ser un noruego más, solitario y silencioso, abstraído e intelectual, un tipo blindado por esa cosa tan manida llamada *voz interior.*

¿Y qué me decía esa voz?

Que mi vida era un ocaso.

Un ocaso intenso del que no podía deshacerme ni siquiera cerrando los ojos, jamás entregándome al lustroso resplandor de los jardines reales. Demasiado intenso, sí. Y yo, sentado en el banco de piedra que rodea el monumento a Johansson, cansado ya a las once en punto de la mañana, pensando en la crónica de FOK y dándole vueltas a los muchos fracasos, sobre todo los míos. ¿Era mi problema la ausencia de vocación por la aventura? Fíjense en mí, en mi aspecto taciturno, en el modo casi compulsivo de abrir el manuscrito y recomponer, desde el plano de la ficción, a mi exmujer. El palacio real de Noruega detrás de mí. Las vastas veredas que descienden al corazón de la ciudad, con su perfume mezclándose con el aire frío de la mañana, me envolvían con su geométrica composición. Oslo, con sus atisbos de mar de Noruega, con sus plateadas hechuras alrededor de la costa a mis pies. Yo reconstruyendo un personaje que me había expulsado del Congo, de mi hogar imaginario, de esa patria alquitranada para mi otro yo.

Dame una oportunidad, me decía Oslo, ven a mi teatro real, descubrirás que su sonido es métrico, como métrica es la composición visual que forman el mármol, siempre verdoso y desgastado, y la piedra; observa el friso con los nombres de Henrik Ibsen y de Holberg; entra en mi ayuntamiento, aquí disfrutarás con las cenefas triangulares que se extienden alrededor del salón de actos, con los frescos que reproducen la historia de Noruega, con los rostros poliédricos, minimalistas y turbios que dignifican el rigor; con todos los espacios condensados para ordenar el tiempo, tiempo histórico y tiempo de la memoria; ven a Filipstad, la extraordinaria bahía de Pipervika, con sus fachadas de vidrio y ladrillo, con las torretas oblicuas de cristal, con sus esquinas de agua que hieden a lodo y callejón; en el muelle, observarás la casa erigida en la ladera: el mar es plateado, casi blanco, los pescadores agitan las calas con maestría; el volumen de las palabras decrece, porque crezco yo, la ciudad de tus antípodas, en la que todo, incluido un turista como tú, es amplio, muy amplio y vertical. Y yo debía dársela. Se la di. O mejor debiera decir que Oslo me dio una gran oportunidad que podía, si deseaba regresar indemne, aprovechar ciegamente.

5

Oslo estaba en lo cierto. Quienes practicamos la meditación como forma de aislamiento, como vía, a veces pedregosa, para encontrar la calma, limpiar nuestra consciencia de impurezas y vacuas realidades, sabemos cuán importantes son el ritmo de la respiración, su grosor y los colores ocasionales que desdibujan la oscuridad. Fluir, lo que se dice fluir, no es imposible.

La ciudad comenzaba a seducirme. Era ella quien me permitía meditar a plena luz del día, rodeado de gente y de otros meditadores, abstraído por las muchas voces, agudas y polifónicas, que el mar expandía por el muelle.

Sin pretenderlo, me topé con el Male Festivalen. Y digo «me topé», porque tras el ensimismamiento repentino que me habían causado la ciudad y FOK, desperté en un recinto muy festivo, con puestos de comida callejera, mesas de pícnic y un amplio escenario.

¿Me interesaba la música? No, al menos, en ese momento. Pero me propuse disfrutar de forma artificiosa, sentirme parte de algo, mezclarme con quienes, de alguna manera, me abrían los brazos. ¿Y cómo se visita un festival cuando no se conoce a nadie, cuando no se habla el idioma, cuando no se entiende la música ni se acepta, por razones obvias, su universalidad? La clave está en pasar inadvertido, en evitar los grupos reducidos, observar con atención los numerosos puestos que bordean el recinto, prestar atención a la cartelería y a los divertidos accesorios que dan colorido a un evento como este. Y todo ello sin llamar la atención, como si el objeto fuera un todo sustantivo y sin contexto, como si yo fuera, por ejemplo, un crítico musical, un viajero buscando conceptos y explicaciones.

Los festivales son puntos de encuentro y el viajero está solo, muy solo. Al igual que yo. Es más, un acto multitudinario, moderno y estimulante, con las luces del escenario conjugando diversión y nostalgia, es lo opuesto a lo que describía FOK en su crónica.

Nada de hambruna. Los puestos de comida rápida pronto me hicieron sentir hambre. No había hogueras ni abalorios contra la noche; aquí, el perímetro del escenario estaba protegido por agentes de seguridad y miembros del *staff* educados, sonrientes y bellos.

Sin aullidos de guerra, porque el Male Festivalen era una llamada a la paz, a la hermandad electrónica, al folclore nórdico y a todo el mundo sin excepción. ¿Cómo renunciar a esto? Una vez dentro, rodeado de desconocidos, de gente alegre, me propuse abstraerme, aplicándome ese racismo intelectual tan propio de quienes exploran en otras tierras. Perdón por la frase pretenciosa, ¡pero así lo sentí! Bajo esa premisa, me separé poco a poco de los tenderetes de venta, para introducirme en el corazón de la platea, como un río de agradables aromas y sonrisas. ¡Qué efímera es la vida! Aún me sorprenden su naturaleza parcial, sus magníficas interrupciones, el modo en que lo diverso y lo mundano distribuyen sus parcelas de poder.

¡Música! ¿De quién? Era imposible saberlo, pero era música, al fin y al cabo, retumbando en el suelo y haciéndome sonreír… solo. Y la casualidad quiso que una estrella luminosa, más joven que yo, apareciese ante mí con un bloc de dibujo. Permítanme describirla: pelirroja, con una trenza poderosa moviéndose al viento de la bahía. ¿Sus ojos? Azules y vivos. Sentí que en ellos se reflejaba la película de mi vida. ¿Sus labios? Sinuosos, turgentes, rojizos. Y el resto, no es necesario detallarlo. Lo trascendental estaba en ese cuaderno blanco y negro que contenía un dibujo. ¿Adivinan de quién? Sí, de mí.

Un dibujo a lápiz, muy real, casi fotográfico. ¡Era yo! Yo, asomándome a una de las tiendas del festival. Yo, solo, muy solo, casi tan solo como ella. Mientras le agradecía, intentando describirle mi asombro, mi gratitud, mi deseo de quedarme con ese regalo, y quizá darle yo otro, como un texto, la música sonó de nuevo. ¿Qué tipo de música? *Reggae* noruego. Un *reggae* alegre, llamativo, oceánico, traído de Jamaica y recreado solo para la ocasión en esa bendita tierra tan lejana al río Congo, me estaba ofreciendo más que una simple anécdota.

Hablé, pero la música era tan potente que no pudo escucharme. Era imposible, ella me hizo un gesto similar al mío y nos reímos. Le pedí prestado el lápiz y anoté *Thank you* en un extremo del dibujo. Y ella, justo debajo, con su hermosa caligrafía de artista, escribió: *Follow your dreams.*

Mis sueños, respondí, como si los estuviera invocando, como si los mirase a los ojos, como si pudiera así dibujarlos en el aire, como si existieran, como si fuera posible materializarlos en el breve espacio que me separaba de ella.

—Mis sueños están muy lejos de aquí —le expliqué.

Lo hice con detalle, con ese tono lastimoso de quienes se confiesan ante un desconocido. Pero ella me conocía, me había plasmado en un papel que reflejaba mi alma. Sentí que volaba porque ella sonreía, porque sentía, porque decía algo que la música y mis propias palabras ocultaban, algo precioso, porque ella era preciosa, curativa, porque con sus trazos ya me había curado, o lo había intentado. Si una mujer hermosa e incandescente te dibuja, ¿no desaparecen algunas de tus tragedias?

¡Por supuesto!

Y esos males que había arrastrado durante tanto tiempo desaparecieron de repente. Todo me era tan efímero y sobresaliente que sentí una palpitación en el pecho, una especie de llamada de atención. Intenté besarla y lo conseguí, un beso fugaz, superficial. Y ella aceptó el beso, pero quiso decirme algo, sus labios se movían, yo no entendía nada, la música, ese *reggae* noruego y jamaicano que me hizo bailar, sonaba a todo volumen. ¿Cómo iba a entenderla? Y cuando la música desapareció, cuando la bahía, cada vez más oscura y omnipotente, se tragó los últimos acordes, ella siguió hablando y yo no pude entenderla. Me había escrito en inglés. Y mi sorpresa, desagradable y grosera, la obligó a escribir de nuevo en el cuaderno: *deaf-mute* o, dicho de otro modo, sordomuda.

6

Poco antes de abandonar el festival, compré una bella postal para mi madre. Bella y típica, con la ciudad resplandeciendo bajo una franja verdosa y fluorescente. Desconozco el motivo, pero sentí la necesidad de hablar con ella. Reproduzco aquí un extracto de nuestra conversación:

—Dime algo de Noruega.

—¿Algo como qué, madre?

—Algún rasgo característico que me permita entender cómo es —señaló con tono interrogante.

—Es muy hermosa.

—¿Nada más?

—¿Te parece poco?

Silencio.

—¿Has visto ya el cuadro de Münch? —preguntó con relativa indiferencia.

—¿*El grito*? Sí. Es un cuadro muy pequeño.

—Ya…

—¿Ya qué? ¿Qué tienes en la cabeza, madre?

—¡Nada!

—Me alegro —dije con nerviosismo.

—No entiendo por qué has tenido que viajar hasta tan lejos para entrevistarte con un escritor.

—¿Qué escritor?

—Ese escritor noruego, uno cuyo nombre es impronunciable.

—¿Knausgård?

—¡Ese!

—¿Y quién te ha hablado a ti de él? Madre, por el amor de Dios, no he venido a Noruega a…

—No ha sido tu padre, te lo aseguro.

—¿Entonces quién?

—El otro día recibí una felicitación. Ya sabes, por mi cumpleaños. Honestamente, después de lo sucedido, no esperé que ella…

—Ella…

—Sí, ella… ¿Te molesta que te hable de… *ella*? —Esta última palabra la susurró, como si alguien estuviera escuchando nuestra conversación.

—Me parece innecesario.

—Pues, como te comentaba, *ella* me felicitó. Me dijo que estaba de viaje, no quiso revelarme dónde.

—Está en el Congo.

—Sí, no me ha confesado el destino, y yo tampoco pregunté. Pero me habló de ti. Ya sabes, con esa frialdad que la caracteriza. Y me aclaró que habías viajado para entrevistarte con un escritor.

—Pues no ha sido sincera.

—Y yo me pregunto: ¿no podrías haberlo hecho desde tu casa, a través de esa aplicación que se llama…?

—¿Skype?

—Esa. En fin, ya sabes que yo respeto tus decisiones, y si te hace ilusión viajar a Noruega para entrevistarte con él, aunque no seas periodista ni hables noruego… Pero, vamos, lo que te interesa es escribir, y, si se trata de hablar, ya sabes que yo…

Fin de la conversación.

Dicen que la Litteraturhuset, o la Casa de la Literatura es, como su propio nombre indica, el hogar de los escritores noruegos. Su esbelta fachada de color ocre y las dos puertas de madera que dan la bienvenida al visitante hacen de ella una morada. Un verdadero hogar para autores, amantes de la lectura y editores. Un oasis, así lo comprobé, de esculpido silencio, estanterías de metal y libros, muchísimos libros. ¿Qué pretendía hacer allí? ¿Conocer a Karl Ove? ¿Era sensato pensar que él y yo nos daríamos de bruces, como dos desconocidos, como dos novelistas contemporáneos llamados al entendimiento? ¡Qué estupidez! Si había alguna razón por la que yo debiera acceder a aquel santo lugar era mi manuscrito, la reconstrucción de ese personaje del que tanto sabía y al que, por razones literarias, debía desaprender. O por razones personales, quién sabe. Quizá entré allí creyéndome invitado, con el ocaso, de nuevo, a mi espalda, cercano a la noche, la noche infinita que emergía con absoluta docilidad. Nadie en su sano juicio habría penetrado al docto lugar con la intención de escribir, con el deseo de rematar un texto con tantísimos defectos, tan carente de unidad, tan desnudo en sus trampas y costuras. Nadie con dos dedos de frente se habría acomodado en una tumbona —comodísima, por otro lado—, con tamaño propósito y a solo media hora del cierre. A mi derecha, sentado junto a una mesa de madera, tecleando en el ordenador las últimas palabras —eso supuse— del día, un joven de piel casi transparente, con gafas y un cabello frágil bajo la luz de la lámpara. Frente a mí, una mujer de mediana edad, detrás de un mostrador, observándome, como quien observa una *rara avis,* de forma directa y educada, de forma indulgente, porque merecen el indulto quienes cruzan el umbral que separa el silencio del ruido y lo hacen con desesperación, con la quietud, sí, desesperada de los que aventuran un fracaso, de quienes se imaginan azotados por las olas o por ese viento interior que nada dice al paseante y tanto destruye a su hacedor.

Releyendo el inicio de *La muerte del padre,* me encuentro con la primera línea del primer capítulo que describe la vida en términos muy simples desde la perspectiva del corazón: continúa latiendo hasta que ya no puede. Eventualmente, ese latido constante se detiene por sí solo, y la sangre se desplaza hacia la parte más baja del cuerpo, acumulándose en una especie de charco interno. Esto se manifiesta externamente como una zona oscurecida y suave en la piel, que se va tornando más pálida. Mientras esto sucede, la temperatura del cuerpo disminuye, los músculos se tensan y el sistema digestivo se vacía.

¿Podría suceder al contrario? ¿Puede un ser humano morir de saturación? Imaginemos que la muerte sucede tal y como la describe Karl Ove. El corazón deja de latir y hace que la sangre se repliegue hacia ese punto subterráneo en el que ya nada funciona. ¿Sería esta una muerte dulce? No quiero hacerles pensar en la muerte, no es el objetivo de este relato, pero ¿no creen que, de ser cierto, la muerte nunca sería traumática, sino el preludio de somnolencia que precede al gran despertar, o al sueño eterno? En este primer volumen, Knausgård describe todo cuanto rodeó a la muerte de su padre, y, al comenzar de este modo la historia, al imprimir un ritmo lento a la muerte de quien se autodestruyó a toda velocidad, demostró un claro signo de empatía.

Muchos rechazan los estados de agitación. No hay nada peor que una muerte agitada, que un corazón anclado baldíamente en la supervivencia, mientras el cuerpo dice «basta», mientras la sangre entra en revolución para escapar de nuestro organismo, para esparcirse, tal vez, en una mesa de quirófano, en la calle desierta, en la cama que aúna por igual las angustias y el deseo. A pesar de la estampa erguida que aquella chica, *mi chica* pelirroja, había dibujado para mí y que contenía tanta vida —aún me deleito con aquel grabado de color ocre, tan dignificado por el paso del tiempo— yo quise morir. No me importó el cómo.

Quise morir, a secas. Pero entonces pensé en mi padre, en mi amado padre, en ese hombre que rebuscó una frase en el peor de los silencios, y lloré. Él teme a la muerte y, lo que es más grave, detesta que la muerte pueda ser violenta, que en su rostro se concentre un rictus de angustia, de miedo. ¿Cómo iba a sucumbir a mi deseo, si mi padre solo teme a la muerte? Padre, no lo haré, porque la muerte es un tabú y tú bregas todos los días con el tiempo de la muerte, con ese mal que te hace perdurable y frágil.

No lo haré, me repetí, porque morir por amor es mundano, porque el amor que siento por él, por mi padre, supera los límites de lo razonable, es indestructible, es la razón que me hace creer en Dios, es lo único que me mantiene cuerdo. Su amor por él, la necesidad o el deseo de quien se sabe imperfecto por no decepcionarle, por no ser el motor que acelere su final. Escribir, escribir y es...cri... bir... Plas... Plas... ¡Plas!

Despierta, despierta, por favor. ¿Has bebido? ¿Has consumido drogas? Oye, despierta o llamaremos a la policía.

Y yo veo a un tipo de cabello blanco, de barba espesa, de ojos claros, que me observa, que me abofetea, que me habla en inglés, en ese inglés tan impoluto, tan nórdico, y ahora, que tengo los ojos abiertos, que he regresado de no sé dónde, que todavía estoy, al menos en parte, en ese lugar en el que lloro noche tras noche, le observo y pregunto:

—¿Karl Ove?

Y él se ríe. Se ríe, no sonríe. Suelta una carcajada, me coge del hombro no con violencia, pero con ímpetu, y me levanta de la tumbona.

—Karl Ove —se burla—. Este tipo está loco.

Loco, sí. Loco y esperanzado abandoné aquel lugar, que me hizo mendigar en lo más profundo.

7

Me senté de nuevo a los pies de Carl Johansen y contemplé la avenida principal de Oslo, flanqueada por pinos en su vanguardia y, unos metros más allá, por la catedral y el Teatro Nacional. Observé paneles que parecían costados flotantes y transeúntes ocupando las terrazas de los cafés. La bandera noruega me resultó extraña, incluso irreal; no ondeaba con nieve en el mástil ni la coronaban grietas. Aislado, junto al breve cordón de edificios financieros, emergió un imponente bloque de hormigón. Era amable, luminoso y amplio. Me habría gustado ver el interior del teatro de la ópera y escuchar, solo para mí, un do de pecho. ¿Creen que no lo merecía? Todo indicaba —así comprobé más tarde, gracias a una conversación que mantuve con mi padre en mi viaje a Bergen— que no.

2
Bergen

1

> Esbelto, pero de rostro cadavérico. En las minúsculas gafas de sol, me veo reflejado. No sé si soy yo o una sombra salvaje en sus dominios. La montaña, con sus parches de verdura refulgiendo bajo el sol. Las casas, siempre modestas, siempre agrietadas por ataques enemigos o por la ira del general. El suelo, una fanega fértil, porque el amor de Dios y su ira fertilizarán el futuro del país. Sus palabras me hacen temer que el objetivo está cerca.
>
> FOK

La estatua de Arnold Carl Johansen me acompañó durante gran parte de la noche. Con ella en la memoria, me dirigí a Bergen. Ciudad universitaria al suroeste de Noruega, de su río salen barcos que surcan los fiordos. Nada sé de ella, ni de sus secretos. Nada, salvo que Karl Ove estudió aquí Escritura Creativa. Lo relata en el quinto volumen de su obra, titulado *Tiene que llover.* Si elegí Bergen como segundo destino de mi viaje, fue (me avergüenza reconocerlo) por el acto de emulación que inconscientemente llevaba a cabo. ¿Me proponía estudiar, como él, Escritura Creativa en su universidad? ¿Era posible absorber todos los conocimientos que adquirió Knausgård en sus dos años de estudio?

No, era ridículo.

Viajé porque es la segunda ciudad más visitada de Noruega.

Viajé a Bergen por curiosidad y fetichismo.

Viajé porque quería encontrarme no ya con Karl Ove, sino con sus musas. Viajé a esa ciudad tan lejana solo para escribir. ¿Creen ustedes que analicé con detenimiento la guía de viaje o los cientos de blogs que circulan en internet para exprimir mis dos días de aventura?

No, y allí me dirigí.

Antes debía coger un tren. En mi trayecto hasta la estación central, supe que llegaría tarde. Las hojas de los árboles brillaban con intensidad y en absoluto silencio. Observé el paisaje con detenimiento, y supe, cómo no, que Oslo era ya indiferente a mi indisciplina. En el vestíbulo de la estación, comprobé que faltaban cinco minutos para la salida, y que el andén, ancho y gris, se encontraba vacío. Oslo renunciaba a despedirse de mí.

Sentado en el tren, releí la crónica de FOK. De ella no me gustaron dos cosas. En primer lugar, el estilo me recordaba demasiado a Conrad. ¿Están de acuerdo conmigo? ¿No encuentran semejanzas con *El corazón de las tinieblas*? Por ejemplo:

> A mí, por mi parte, me pareció ver a Kurt por primera vez. Una imagen precisa: la piragua, cuatro salvajes remando, y el hombre blanco solitario dándole de pronto la espalda a la estación principal, al descanso tal vez a los recuerdos

del hogar Dirigiendo la vista hacia las profundidades de la selva, hacia su puesto desolado y vacío.

FOK y Conrad. Conrad y FOK. Y en este último un propósito que me recordaba demasiado a la trama de mi primera novela, *El rugido de las sombras*. Puede que estuviera elucubrando por encima de mis posibilidades y que FOK ni siquiera me conociese. Pero en su aproximación a ese militar, reconozco al mismo que yo quise describir en mi novela, el general Laurent Nkunda, al que rebauticé como Robert Mubumba, y cuyo rostro, enigmático, infernal, también amable, también carismático, como si fuese el Jesucristo negro que Carlos Fuentes sugirió en su novela *Aura*, me sedujo una noche de invierno, viendo uno de los muchos documentales que se emiten en televisión sin pena ni gloria. Quería hablar de la guerra, del tráfico de influencias, de la globalización, de la paternidad, de la justicia y de la locura.

Seré sincero.

En las crónicas de FOK se advertía un claro homenaje a Kapuściński, pero también observé un intento por documentar *mi* ficción, por hacer periodismo con lo imaginado, con los mimbres de esa historia que supuso mi primer fracaso como escritor. Pensarán que tuve un delirio, y no los culpo. Mi viaje a Noruega fue delirante desde el principio. Y seguía siéndolo mientras me dirigía a Bergen, concentrado en el manuscrito de mi segunda novela y no en el paisaje que asomaba con candidez tras las ventanas del tren.

Transcurrida una hora de viaje, mantuve una conversación telefónica con mi padre.

—¿Te diriges al norte? —preguntó él.

—Así es. Mi propósito es aproximarme todo lo posible a la frontera con Rusia.

Permítanme un paréntesis. Mi objetivo era ese, sí, y para ello tracé un itinerario que, en honor a la verdad, me dejaba muy lejos de ella. De sur a suroeste, del suroeste al centro del país, del centro del país al noroeste y del noroeste a la ciudad más al norte que mi presupuesto y mis aptitudes como viajero me permitían. Tiempo habrá para hablarles de Narvik, pero si sienten curiosidad y la buscan en un mapa, comprobarán su lejanía con Rusia.

¿Y por qué viajar hasta la frontera?

¿Qué debía encontrar allí, salvo un paraje inhóspito, salvaje, solo apto para oriundos y devotos de la soledad?

—No puedes cruzar la frontera —replicó mi padre.

—No lo pretendo. Quiero acercarme a ella, nada más.

—¿Y por qué acercarte a la frontera con Rusia, si no vas a cruzarla?

Buena pregunta, ¿no les parece?

—Quiero experimentar algo parecido a lo que sintió Thoreau.

—Si no estoy equivocado, él se abandonó en la naturaleza. Tú regresas a Madrid en siete días, ¿verdad?

—Por supuesto, padre.

Silencio.

Ruido de cuaderno.

Y luego la siguiente frase:

—La selva era el mundo de la mentira, de la trampa y del falso semblante.

—¿Quién escribió eso?

—¿No lo sabes? Uno de tus escritores favoritos: Carpentier.

—¿Y desde cuándo lees a Carpentier?

—Eso es intrascendente, hijo. Centrémonos en lo sustancial. La selva es la mentira, la apariencia, el disfraz.

No te diriges al norte de Noruega, sino a la selva. Puede que busques allí tu particular metamorfosis, pero, aunque lo consigas, será una metamorfosis de mentira.

Fin de la conversación.

Y tras ella, como bien anunció mi padre, la selva.

2

Ficción y realidad —creo que a eso se refería mi padre al hablar de la selva— nunca van de la mano. Sin embargo, al escritor siempre se le pregunta por el carácter autobiográfico de su obra. Diré lo siguiente: todo lo que escribo lo he visto antes, lo he sentido antes. Lo nimio y lo mayúsculo. La estela luminosa del cielo o el terrorífico impulso por dormir. Absolutamente todo. Y ese todo, en demasiadas ocasiones, se exagera. Es una querencia hacia la tragedia, hacia los rasgos extraordinarios que acentúan el dramatismo de un relato, aunque el resultado final se aleje de la realidad.

Karl Ove describió la muerte de su padre ahondando en el patetismo. Tumbado en el piso y con las piernas rotas, rodeado de botellas vacías. La descripción es patética, pero también simple, sin adjetivos ni juegos de palabras: Karl Ove describió la muerte de su padre en tres sencillas líneas que no puedo olvidar.

En mi novela, el padre del protagonista era alcohólico y violento. Mi padre, que es abstemio y cándido, me habla de Carpentier y de la selva. Maldita sea, la selva. Demasiada selva en mi cabeza cuando el tren avanzaba como una hebra entre dos muslos gigantescos. A mi derecha, un lago y sus reflejos de color ocre. Había sombras blancas en el agua, limpias como un espejo. En un pueblo llamado Nesbyen, las casas ocupaban la montaña, se confundían coquetamente con los árboles. Y dos horas después, también a mi derecha, el primer glaciar de mi vida. Se trataba de Finse, la población con mayor altitud de Noruega. Observé una cumbre nevada coronando el estuario. La estación, hecha de piedra, madera negra y metal, tenía aspecto de refugio. ¡Qué maravilla! Cabellos sobre la piedra cortada. Brillos en el suelo líquido. Un espectáculo prodigioso que solo un estúpido habría comparado con la espesura de la selva.

Justo antes de llegar, volví a leer en el libro de Karl Ove una descripción de la ciudad: en las áreas cercanas, predominaban casas blancas de madera con características variadas, mientras que en las partes bajas, las viviendas eran de ladrillo, simples y probablemente construidas por obreros a principios del siglo XX. A pesar de las diferencias entre los barrios, lo más destacado era la presencia constante de las montañas, visibles incluso desde los lugares más oscuros y estrechos.

¿Buscaba, pues, las montañas? ¿Qué significado debían tener para mí? Visitar una ciudad sin propósito alguno, desnudo frente a lo desconocido y expuesto a la sorpresa es delicioso. Puede que, a diferencia de lo que intuía, sí buscara imitar a un escritor.

Pero, incluso hoy, no sé la diferencia entre admirar a un escritor y emularlo. Hay, sin duda, una distinción conceptual. La admiración puede ser pasiva, o responder, sin más, a una vocación lectora. Admiración a secas y sin más impacto que el placer causado por la historia o el estilo del narrador es insuficiente. No hay admiración sin envidia, sin la terrorífica emoción de quien se sabe incapaz de ejecutar las técnicas del otro, su visión barroca o sencilla del mundo, su contundencia y fragilidad al hablar, por ejemplo, de sí mismo.

Por otro lado, la emulación exige un conocimiento profundo del autor, un análisis de su contexto personal y literario que conduzca al entendimiento, a la traducción de sus recursos, a la lectura legible de su cosmogonía.

Leer *Mi lucha* me permitió conocer a Karl Ove. Y al decir *conocer*, me refiero a penetrar en su intimidad, a sentirme titular de aquellas miserias que son siempre impronunciables. Me sentí un espectador privilegiado de su vida, de su historia en mayúsculas, de su transformación creativa. Emular equivale a conocer. Conocía a Karl Ove, pero era incapaz de asumir su sencillez. Admiro a los muchos autores que practican el barroquismo. Admiro a Carpentier, por supuesto, pero también a Carver, a James Salter y a otros muchos narradores que, como Knausgård, simplifican el hecho emocional para lograr su pureza. Dicho de otro modo, él me enseñó que un escritor puede aludir al miedo diciendo: «Sentí miedo, muchísimo miedo», y luego recrearse en el paisaje con una ferocidad expresionista. El hecho cotidiano es sencillo, y lo seguirá siendo, y en el análisis de lo mundano el autor hallará la universalidad. Lo mundano, lo circundante, el contexto en que se enmarca la tragedia —que será simple— es un espacio infinito en el que cabe jugar con la palabra.

Pero el dolor y la felicidad exigen esa claridad omnipotente, que aprendimos de Tolstoi y a la que es obligado acudir cuando hablamos de nosotros mismos. No hacerlo significa incapacidad o autocensura. O una mezcla de ambas. El escritor, siendo capaz de transitar en el barroquismo y la desnudez, puede ser cautivo de su propia censura, del miedo a leer negro sobre blanco la traumática dimensión de su pasado. ¿Creen que me era fácil escribir sobre el odio que sentí al verme abandonado? ¿Me era lícito hablar de abandono tras una ruptura sentimental? ¿En cuántos territorios prohibidos caería al hablar de ella y de él, sin morderme la lengua, sin atemperar la palabra ni acudir al mecanismo de atenuación que permite la literatura?

¿A quién le debe respeto el escritor: a la verdad o al lector? ¿Quizá a ambos? ¿Debemos excluir, durante el proceso creativo, a los lectores que conozcan lo pretérito tanto como nosotros mismos? Y si es así, ¿cómo se hace? ¿Cómo acallar a quienes son fuente de lo concreto y lo etéreo, archivo de lo banal y de eventos nada banales como la muerte?

Karl Ove fue capaz. A pesar de la polémica en que se vio envuelto tras publicar el primer volumen de su obra; a pesar, incluso, de las amenazas de algunos familiares directos, él no renunció a su verdad, ni siquiera cuando la víctima fue Linda, su persona amada. ¡Escribir a ciegas, qué atrevimiento! ¡Cuánta omnipotencia en ese acto creador tan apegado a la realidad, tan confuso como esta y doloroso, como los muchos recuerdos que no terminan de pudrirse!

Yo soy un cobarde, como bien me echó en cara descarnadamente aquel día. Inventar situaciones y personajes para que no sean descubiertos, para que no haya damnificados que puedan reconocerse en ellos, es sinónimo de cobardía. Pero ¿la historia es de ese modo más verosímil? ¿De quiénes pretendía hablar? Recurrir a la ficción para someter a juicio a sujetos desconocidos es un acto de cobardía, una traición al sentido de la historia, un uso pésimo de la literatura. Si José Saramago reivindicó la valía de todos los nombres, ¿quién era yo para abandonarlos, para entregárselos al anonimato y salvar su reputación? Los nombres merecen un respeto. Los nombres merecen condenarse con absoluto respeto y por ello no lo escribo aquí. Para mí era tarde. Al llegar a Bergen, ella era por fin un personaje de ficción. Y yo, muy a mi pesar, también.

3

Les aseguro, y así lo comprobé años más tarde, que el viajero debe vaciarse emocionalmente frente al viaje y permitir que este lo llene. Puede sonar como una explicación pueril, pero el acto de vaciarse para ser llenado por algo o alguien es lo más parecido a disfrutar de la ceguera. El problema de acumular imágenes y pensamientos durante un viaje es la distorsión que esto puede causar, la ceguera luminosa y multicolor que lleva al viajero a buscar en las calles de una bella ciudad la octava maravilla del mundo. Recuerdo, por ejemplo, cuando visité el Gran Cañón. En uno de mis cuadernos de viaje escribí con profundo fervor:

> Y el cañón abre sus manos mostrando sin pudor el grosor de sus heridas. Heridas cicatrizadas con la caliza del valle. Las laderas arrastran una levísima cortina de musgo. El silencio se instala entre las rocas. Una bóveda hace del cañón el más perfecto e invulnerable de los mundos. Aquel en el que las grietas esculpen una ilusión abismal. La tierra se rompe dejando al desnudo su resbaladiza piel esmeralda. Un refugio para vientos de oasis y exilio.

«Piedras y más piedras», objetó mi exmujer cuando le leí este fragmento en una vieja cafetería a pie de carretera. Y quizá tenía razón. Pero eran piedras maravillosas que aún conservo en la memoria. Piedras que me hicieron disfrutar de mi fugaz proceso de distorsión en mitad del desierto de Arizona y que rescaté cuando llegué a Bergen.

Al salir de la estación, con la catedral de la ciudad al fondo, en lo alto de una calle flanqueada por casas de madera preciosamente techadas, me di cuenta de que deambular sin rumbo en esta ciudad no tenía sentido.

¿A qué atenerme? ¿Dónde encontraría la inspiración? ¿Cuáles eran mis razones abstractas? ¿Mi motivación? ¿Eran todas estas cosas a la vez o ninguna de ellas?

Caminé hacia el hotel. A mi derecha, en la ladera de un estanque con las mismas casas descritas por Karl Ove, observé una cicatriz luminosa. La vegetación cubría los tejados. El brillo asimétrico de las ventanas se reflejaba en el lago. Era Bergen, expuesta en el agua, y yo, que también me veía reflejado, sentí vergüenza. No tuve fuerzas para regresar a las calles. Me encerré en la habitación y escribí.

Al día siguiente, mientras tomaba café en un local de la calle Torggalen, tuve la impresión de que Bergen era como un decorado perfecto, con sus edificios de estilo centroeuropeo, limpios y ordenados, colocados con una precisión milimétrica hacia el mar. El sonido de las gaviotas, agudo y vibrante parecía perfecto, al igual que mi percepción del tiempo. Era un día laborable y apenas había turistas. La vida parecía transcurrir con una lentitud exquisita en las calles de la ciudad, con hombres y mujeres caminando sin rumbo aparente, pero con determinación en su paso.

El tiempo, ese eterno compañero del viajero, se detenía solo para mí. En un parque a las afueras de la ciudad, las hojas de un cedro brillaban como pequeñas joyas. Me concentré en la sombra del tronco. Alguien estaba taladrando un bloque de cemento al otro lado del puente, el sonido de hierro y las virutas llenaban el aire. A mi izquierda, una madre extendió una manta sobre el césped y dos bebés gatearon alegremente. La madre los fotografió y les cantó una especie de nana. Para los lectores, observadores y conversadores que ocupaban los bancos de madera, el tiempo se alargaba en una tarde apacible. Esa sombra atenuada de los árboles proporcionaba un alivio bienvenido del sol.

Allí, en mi oasis de sangre artificial, sentí de repente que la luz y el cálido clima de la ciudad la despojaban de su misterio, la vulgarizaban. Estas sensaciones, que caminaban sin rumbo fijo, me atraparon y decidí seguirlas. Sin pretenderlo, llegué a la universidad. El vestíbulo estaba repleto de estudiantes. Entré en su librería, también abarrotada de jóvenes, con pilas de libros a su alrededor, incluyendo obras de Karl Ove y otros autores que, sabía, no eran aptos para mí.

Me entretuve ojeando los ejemplares, tentado de comprar uno, pero me sentí ridículo. Demasiado absorto en mis propias inseguridades, decidí abandonar el local y explorar las instalaciones. Porque, al igual que la ciudad, parecía perfecta. Quizá no lo entiendan, pero la perfección repentina, en lugar de emocionarme, me embriaga. Y yo no bebo, soy abstemio. El alcohol adormece mis sentidos, y la perfección en exceso también puede ser adormecedora.

Mis emociones se agitaron. La belleza de un círculo iridiscente. Busqué algún rastro de Karl Ove en los pasillos de la universidad, solo para asegurarme de que la angustia que sentía no era en vano. Pero no encontré nada, y esa falta de señales me hizo salir a la calle. Me refugié en la escalinata del Christys Café. Desde allí, el puente descendía entre sombras hacia la arteria principal, y al fondo, las montañas se erguían majestuosas. Los estudiantes cruzaban la plaza, y yo escribí, con la monumental estampa de los fiordos agravando el horizonte.

4

Poco antes de emprender mi excursión a través de los fiordos de Bergen, leí esto en *Mi lucha*:

> Si hubiera vivido aquí solo, pensé, en una pequeña cabaña arriba en la ladera, por ejemplo, sin casas en las cercanías, pero exactamente en el mismo paisaje, entonces sí habría sentido el peso de las montañas y la profundidad del mar, entonces habría oído el viento pasar por las cumbres, y, aunque no habría tenido miedo, al menos habría estado en guardia. Me habría despedido del paisaje cada noche antes de dormir y lo habría saludado al despertarme. Ahora no era así, lo notaba en todo el cuerpo, aquí lo que contaban eran los rostros.

Esos rostros son la multitud. La multitud dominante que se agrupa en la zona de embarque y sube al ferry entre sonrisas y palmas. La multitud moderna, con sus móviles de última tecnología, que se dirige a la tripulación en el mismo idioma, o en uno similar, o a través de ese lenguaje gestual tan propio de las manadas y que me impresiona, me hace tomar asiento en un rincón o salir a cubierta. En la proa, sintiendo la fuerza del viento, porque allí, sobre el agua rígida y luminosa, se alzan los fiordos, laderas robustas que se extienden bajo la niebla, con sus casas dispersas, de madera blanca; la geometría contiene detalles tan minuciosos, tan manuales que se revelan frente a mí como un todo grandioso, lleno de claroscuros, unido a la tarde y a su luz plomiza. Las casas ancladas en el lomo agreste son limpias y líquidas; la privacidad y la introspección parecen necesarias entre tanta vastedad. Y me digo, como Karl Ove, que, de vivir aquí solo, me habría olvidado de los rostros y la multitud, y de todas esas multitudes que, por alguna razón, me observan, aunque sea invisible, aunque no quieran observarme, porque la nada es inobservable, solo la curtida piel de la montaña lo es, solo las cuadrículas que segmentan el agua lo son, solo la ciudad de Bergen absorbiendo el ocaso y esmerando su olor a puerto.

En ocasiones, una bella fotografía no es suficiente. Asomaba la noche y el puerto embellecía su contorno. Los barcos amarrados en línea, la mayoría deportivos o de pesca. En un lateral, casas bajas y nórdicas. El edificio del muelle era de madera, y en el centro, el techo a dos aguas, que era de cristal, expelía una bellísima miríada. Los turistas comían pescado. Su estilo veraniego porfiaba con la quietud de las veredas. El muelle, con sus entradas desnudas, callaba.

¡Qué ciudad tan excelsa, con sus calles silenciosas y elegantes, con la armonía de los pueblos pesqueros! Graznaban las gaviotas en aquella inmejorable postal y yo me pregunté quién me observaba detrás de las ventanas, quién pretendía, educadamente, decirme hola y adiós.

Me harté de pasear. La noche se mezclaba ya con las suaves luces de los locales, con el bullicio de los turistas y estudiantes. La noche, con sus ocasos, me condujo a una librería. No recuerdo el nombre, sí que se trataba de un amplio lugar, con cuatro plantas a disposición del lector, con amables sillones que invitaban al descanso y la curiosidad.

Deambulé, al igual que deambulaba en Bergen, por la sección de autores noruegos. Muchos, todos tan parecidos a Karl Ove. Y entre ellos, locales e internacionales, traducidos al inglés, encontré una maravilla. Se trataba de una edición antigua de la novela *Trampa 22*, de Joseph Heller. La cubierta, con sus colores plateados y azules, con el título y el nombre del escritor en relieve, tenía esa disposición, tan inusual hoy en día, en la que el contorno sobresale del papel y hace de la lectura un ejercicio de secretismo o de clasicismo o de misterio.

Créanme, no fue una casualidad. Ni lo fue, ni lo viví como tal. Intentaré explicárselo. A Joseph Heller, autor norteamericano de la segunda mitad del siglo XX, lo conocí gracias a una novela titulada *Algo sucedió*. En ella abordaba, con humor y valentía, la descomposición matrimonial. Sus diálogos eran tan brillantes, tan humorísticos y simples que la leí con avidez. Vino después *Trampa 22*, la obra maestra de Heller que, en realidad, no guardaba ninguna relación con *Algo sucedió*. Era un relato antibelicista, irónico y acertadamente descriptivo, cuyo protagonista, un piloto norteamericano destinado en Europa durante la Segunda Guerra Mundial, deseaba renunciar a la guerra y, para ello, alegaba estar loco. Es evidente que un loco, perdónenme el simplismo, no es apto para el combate. Pero aquí reside la trampa. Quien alega locura, quien la expone como eximente, no está loco. Esa es la llamada *Trampa 22*. Es cierto que había leído relatos sobre la guerra, antibelicistas también, más impresionantes, más redondos. Recuerdo, por ejemplo, la magnífica *Un pueblo árabe*, de Herbert Hiza, en la que un batallón israelí, cuya misión es ocupar una pequeña villa árabe, descubre el sinsentido de la guerra paseando por sus calles, haciendo prisionera a una población desarmada y dispuesta, sin otra motivación que la cautividad. Pero el personaje de Joseph Heller despertaba en mí una gran curiosidad. En primer lugar, era un cínico, un amante de la guerra, pero no del riesgo. Un amante en sentido estricto que amaba, a su vez, el humo que oscurece las ciudades, los adioses repentinos a quienes encienden lujosamente la noche. Y el cinismo lo llevó a cruzar una línea, esa línea gruesa y segura que la locura que se deshace como el barro, que encharca de espíritu y alimenta toda clase de demonios, incluidos los que jamás existirán. ¿No es preferible pilotar un avión en medio del fuego enemigo? Se preguntarán qué relación guarda esta novela con mi viaje o conmigo mismo. No lo supe en ese momento. Es más, compré el libro con entusiasmo, quizá porque estaba convencido de que, en un viaje destinado a la literatura y a terminar un manuscrito que debía cambiarme la vida, encontrar a Joseph Heller era una revelación, la señal de que estaba en el camino correcto. Si buscaba respuestas, aquí estaban, en Heller y la bellísima edición que tenía en mis manos. Escondido detrás de las estanterías, como un criminal que pretende robar lo que considera suyo, sonreí. Hablé en voz baja. Me dije *cosas* (qué palabra tan gruesa) ininteligibles. Cosas, frases, gruñidos que me exaltaron de un modo indebido.

Y, aun así, tuve miedo. Créanme, al salir de la librería, tuve miedo sin saber por qué. ¿Qué razón había? No, las pasiones apasionan, no asustan, y la literatura es pasión, y Joseph Heller era y es uno de los motores creativos más importantes en mi carrera. Si guardé el libro, como si fuese virtud y pecado, como si en la condena hubiese un camino indiscreto hacia la luz, es porque tenía hambre. No se rían, por favor. El hambre es enemigo del viajero, del caminante. Se hace camino al andar, dijo el maestro, pero sin alimento, el camino, también lo dijo Hansum, puede ser una tragedia. Y yo necesitaba comer.

Noruega es un país en el que comer es extraordinariamente caro. Lo comprobé esa misma noche, al salir de la librería, embriagado por un libro para el que aún no tenía explicación. Nada mejor que deleitarme entusiasmado con la principal delicia del país: el salmón. Adoro el salmón. Quería comer salmón y acompañarlo con una copa de vino blanco. ¿Por qué no? ¡Maldita sea, una cena por todo lo alto en honor a Joseph Heller y a Karl Ove! Pero no podía permitírmelo. Demasiado caro. Prohibitivo. Inasumible para un viajero, para un turista de mi clase. Junto al muelle, encontré un restaurante italiano, lleno de visitantes, plagado de familias que también hablaban en español. Al menos, pensé, repondré fuerzas.

¿Saben qué sucedió, en aquel sitio tan poco noruego, tan atípico, en el que servían la peor pasta del mundo y cuyo nombre me reservo? ¿Se lo imaginan? Sí, allí encontré a la camarera más bella de la Tierra. Se llamaba Isabella y sus ojos eran verdes, tan verdes como la extensa vegetación que cubría las montañas de Bergen. Ella era Bergen: exótica y cromada, explosiva y calmada, aromática y azul. Ella era la ciudad que sonreía, que me sonreía, sin cerrar los ojos. Me sirvió ravioli con salsa al pesto. Un plato insignificante que podría haber comido en cualquier suburbio de Madrid me hizo sonreír a sus pies y resultó perfecto, indudable y perfecto.

—Pasta, siempre pasta. Vosotros los turistas deberíais probar el salmón —afirmó ella.

—Pero el salmón es ridículamente caro.

—¿Qué no es caro en esta vida?

—Bueno, algunas cosas son más asequibles que otras.

—Lo asequible no tiene valor.

—Dame un ejemplo.

—La belleza.

—Entonces, deduzco que tú no eres asequible —opuse alzando la mirada.

Días más tarde comprendí, y lo sabrán a su debido tiempo, que yo mismo me había tendido una trampa. Inconsciente, sí, pero una trampa literaria y emocional que me hizo perder la cordura. Lo supe en mi siguiente estación: Geiranger.

3
Geiranger

> He logrado convencerlo. Como si fuéramos en procesión, enfilamos una vereda embarrada. Él sostiene el bastón. Señala a derecha e izquierda. Los soldados cantan. Deduzco que son canciones de guerra. Soy un privilegiado, lo sé. Él me lo repite esbozando media sonrisa. Es la suya una estampa bíblica. Entre claroscuros, entre silbidos a salvajes, él da órdenes a la madre naturaleza. Y ella, reverenciando los galones de su pechera, se presta a su liturgia.
>
> FOK

Una trampa, les decía. Una trampa soberbia y milagrosa. Pero antes de hablarles de ella, permítanme la siguiente confesión. Por primera vez sentí que el artículo de FOK era providencial. En primer lugar, siempre me han impresionado las palabras *madre naturaleza*. ¿Qué es la madre naturaleza? ¿Es realmente nuestra madre? Si es así, ¿cómo debo amarla?, ¿cómo debo acercarme a ella? ¿Como una buena madre, está abierta al abrazo? ¿Y qué es un abrazo? ¿Un gesto de sumisión? ¿Mi abrazo con ella es libre e igualitario? Cuando pienso en la madre naturaleza, recuerdo la novela homónima de Emilia Pardo Bazán y reconstruyo Galicia, la misma tierra que a ella le sirvió de personaje y escenario. Abrupta, espesa y húmeda: no hay mejor territorio para abordar la recesión del ser humano. Pero también recuerdo las palabras de Unamuno relativas al amor verdadero por la naturaleza: no es fácil quererla. Por ejemplo, sostiene él, un labriego observa la tierra cabizbajo, sudoroso, expuesto a una permanente tensión por la fertilidad y el fruto, no la ama. Tampoco aquellos escritores que, lejos de asumir la sencillez como una forma de parentela con la espesura, caen en la banalidad de quien describe con los ojos y no con el alma. Existe, pues, un término medio que no es fácil de aprehender. «El cambiante juego de tus salvajes olas, el tiempo en otras arrugas, en tu frente azul; ruedas hoy tal como te vio el alba de la creación», describió Lord Byron. Y creo que FOK, al escribir la maravillosa frase «Y ella, referenciando los galones de su pechera, accede a su liturgia», está plasmando un sentimiento verdadero. Sin artificios, sin la nostalgia del que se acerca a lo salvaje con una suerte de utilitarismo y ofuscación, sino con su admiración por lo desconocido. Y es aquí donde la naturaleza, la religiosidad y la nostalgia forman una imponente tríada. Jamás pensé que su contemplación me hiciera buscar respuestas en el misterio, y menos aún engarzarme con algo más grande que la simple existencia terrenal. Siempre me sentí atraído por lo infinito, pero su inmensidad ha traído consigo una añoranza por el pasado que jamás fue o por el paraíso perdido que solo yo construí en mi imaginación. Ahora bien, ¿por qué digo que la frase de FOK, o este fragmento de su crónica, fue reverencial para mí? La respuesta no es sencilla, y no estoy seguro de poder reproducir cuanto quiero decirles; pero creo que, en esta nueva etapa de mi viaje, no solo vi la casa de Dios, sino también su semblante, y ello si bien respondió a muchas de mis preguntas, me inoculó otras muchas quizá más peligrosas y devastadoras.

Abandoné la ciudad de Bergen a pie, atravesando su zona industrial, buscando en aquel amplísimo polígono una empresa de coches de alquiler. Mi objetivo era visitar el fiordo de Geiranger. Según las mejores guías, era este el más espectacular. Situado en el centro del país, en una nada fluorescente y fresca de su naturaleza se alzaban sus cumbres, siempre vigilantes y austeras. Ese era, repito, mi objetivo. Me esperaban siete horas de viaje. Conducir por las carreteras de Noruega no es un reto, sino un placer. No deseo divagar sobre las excelencias del vehículo que, por suerte, se me adjudicó. Tampoco me alargaré explicándoles las muchas dificultades que, para un conductor como yo, tienen ciertas cajas de cambio, y el ridículo que sentí al no saber meter la marcha atrás. Todo ello fue cómico, por supuesto, y lo anoté con gracia en mi cuaderno de viaje. Pero, como diría mi padre, todo ello es intrascendente. Me dirigía al norte, hacia un fiordo que aunaba profundidad y misterio. En esas siete horas de conducción, algunas de las cuales fueron anodinas y otras, como es obvio, exuberantes, pude meditar.

Mientras escribo estos pasajes, tengo la impresión de no estar profundizando en la sociología del país. Les estoy hablando de mí, de las razones, sin duda equivocadas, que me impulsaron a viajar, de mis escasas cualidades como viajero que me alejaban de Conrad o del mismísimo FOK. Les he hablado de mi ceguera, o de esa otra plagada de visiones, de delirios carnívoros, que me hacían asumir la belleza del paisaje como el labriego cabizbajo. Aquella frase sobre el poder de la naturaleza y la irrelevancia de los rostros es cierta. La naturaleza, que es madre y perenne, maneja vocablos que son indescifrables y ubicuos a la vez. Su poder frente al ser humano es inevitable, con independencia de nuestra habilidad con el lenguaje de lo natural, más allá de nuestra querencia hacia el desarrollo y la comodidad de las ciudades.

Si digo que esta reflexión es fruto de mis siete horas de viaje, estaré exagerando. Pero sí les confieso que el preludio de mi llegada al fiordo —y de todo cuanto vino después— supuso la confirmación de que la soledad y el autoconocimiento van de la mano, y de que este jamás será posible sin un cierto grado de expiación. Nada de ello es posible en el trasiego de la ciudad, entre sus muros de hormigón y las tintas lumínicas que nos blanquean la mirada. La naturaleza es un espejo en el que uno se ve reflejado tras conquistar el silencio. Y el silencio puede ser tan imperativo como cruel.

La obra de Karl Ove es un ejemplo de confesión y crueldad. En ella todo es silencio. El bullicio alrededor del amor y el odio es silencioso. Silenciosa es la tarde y la noche. Silenciosos son los mensajes del padre dirigidos al joven Karl Ove sobre la necesidad de cultivar la adultez a muy temprana edad. Silenciosa es la obediencia del hijo y la culpa, inmediata y futura, por los pecados del padre. La vida espiritual en Noruega, con toda su aridez, con el rigor de las voces interiores, es grandiosa, al igual que su orografía, tanto más que su exposición al ártico, a ese mundo sin horizonte en el que todo viaje es un regreso. ¡Cuánta belleza! Su arquitectura, desde un plano visual, era estética. La mezcla de cristal y madera, y la integración de cualquier estructura en la naturaleza me sugieren la palabra *hogar*. Hogar es silencio y tiempo; si fuera al revés, hablaríamos de tragedia.

Hogar es refugio y memoria, pero también vanguardia y el sonido onírico que producen algunas chimeneas.

Hogar es, por supuesto, la anatomía diaria de un jardín, y todo aquello que guarda relación con la cirugía manual de la tierra.

Hogar es creatividad, arte y ese reflejo adelgazado del sol en una habitación cualquiera.

Noruega era hogar. Y con esto no les digo que en algún lugar no haya extrarradios, o alguna barriada en la que se sobreviva al cemento, al frío y al calor extremos, a la cruel tesitura de la fealdad. Los habrá, sin duda, pero yo no los vi, o no los busqué, quizá porque dentro de mí cualquier periferia era sinónimo de descenso.

Se desciende de las montañas. Descienden los ríos surcando su innovadora geografía. Desciendo una calle para refugiarme en la multitud.

Pero si permanezco quieto, si me dejo atrapar por ese entorno diario y pedestre, en el que no hay poesía sino contabilidades y arritmias, desciendo. Desciendo hacia ese lugar hondo, en el que la profundidad es subterránea y maloliente, indiscreta, con las fragilidades que un día me condujeron al fracaso y aún siguen erizándome la piel. Odio los edificios de ladrillo rojo. Odio ese aspecto funcional que vulgariza las emociones y reduce la vida a la estricta culminación de lo necesario. Siempre he sido un defensor de la belleza arquitectónica. ¡Siempre! Porque en ella reside lo quimérico. Noruega es bella y milimétrica, y por supuesto salvaje. En Noruega podría vivir, incluso, mi propia vida.

Mi propósito, como ya les confesé, era contemplar el fiordo de Geiranger, y debo decir que mi planificación partía de un error, o de un hecho ignorado. Los fiordos no son montañas estáticas, sino piezas, algunas gigantescas, de un plano fluvial, cuya finalidad es unir ciudades dispersas. Al Geiranger, por tanto, no se llegaba en coche, ni podía contemplarse su totalidad desde un solo punto. Lo supe siete horas más tarde, al aparcar en un camino empedrado, custodiado ásperamente por su cara sur.

Solo vi maleza. Demasiada maleza. La montaña, que asomaba a lo lejos, tras un sendero intransitable y febril, me decía «No, te has equivocado. Regresa al punto de partida o renuncia a todo lo demás y entrégate a la noche». Tú, fiordo, debes iluminar mi vigilia. ¿No lo entiendes? Arroja luz sobre mí y sepárame de ella, de mi exmujer, de su recuerdo, de los fragmentos de memoria que tamizan mi forma de verte. ¡Hazlo!

—¿Estás bien, hijo? —se interesó un anciano de aspecto robusto que paseaba por aquel paraje y pareció sorprenderse de mi vehemencia.

—Sí, estoy bien. Es solo que... El fiordo es tan impresionante que no he podido evitar hablarle.

—Has hecho bien. Si alguien sabe escuchar, es él.

Di la vuelta, como es obvio, convencido de que debía llegar cuanto antes al hotel. Pero cometí un segundo error: jamás preví que mi alojamiento estaba al otro lado del fiordo. Llegar a él me obligaba a coger un ferry, a someterme a sus horarios, a comportarme como un turista y no como el viajero que pretendía ser. Perdí el último, y con él la posibilidad de llegar a mi destino. La siguiente parada era Trondheim, a casi siete horas de coche. Serían catorce horas seguidas de conducción. Era una locura. Emprender aquel camino de ida y no tener un hospedaje a mi alcance se convirtió en la experiencia más reveladora de mi vida.

Podría buscar el nombre de las montañas y de los pueblos que atravesé, pero no tendría sentido. Lo que vi, y cómo lo hice, brilla en mi retina, me *aborda* —esa es la palabra exacta— con fuerza y sin paliativos. Fue como si, en aquellas siete horas, me inundara la columna vertebral del mundo. Descendí al infierno, o al cielo, y caminé por él, por sus distintas estaciones, perdido en sus ocasos, en sus luces broncíneas. La totalidad, la imagen impactante de sus caminos, de sus finos cordones ondulantes; todo eso observé mientras conducía: el ruido de la nada. Minúsculo en aquel escenario musculoso y flamígero, corrí.

Corrí como quien huye del polvo y del oro. Corrí, porque en el paisaje cohabitaban el cielo y el infierno, la felicidad y el desastre, el deseo de permanecer junto a mi exmujer y su adiós repentino, y también la implacable necesidad de desprenderme de ella.

—¡Quédate conmigo! —le rogué.

—No hagas eso, por favor —pidió ella.

No quiso que me arrodillara. Nos sentamos en la cama y me cogió las manos. Al igual que la montaña, no dijo nada. Sus mejillas desprendían calor. Sus manos blancas, pureza. Corrí hacia cualquier lugar. Me alejé de aquella garganta solitaria que escupía recuerdos.

En mitad del paraje, no había hoteles de carretera, ni luces de neón anunciando hospedajes. A mi izquierda, las cabañas lucían familiares, ajenas al foráneo, y más aún al turista. Porciones amarillas bajo el cielo absorbente. Nadie me acogería, y mi destino se encontraba aún demasiado lejos.

Y sucedió de repente. El primer atisbo: una franja verdosa, tibia al principio. Eran amagos. Luego, una sábana lenta y fluorescente que me hizo gritar, golpear el volante, subir el volumen de la radio. Una aurora boreal sin tiempo ni forma. Un milagro. Un milagro solo para mí. Un milagro que me hizo penetrar, durante más de diez minutos, en la sonrisa anatómica de Dios. Trondheim, que asomaba a lo lejos, sería su ciudad.

4
Trondheim

1

> Y, aunque el general me señala la dureza de sus cuerpos, su sentido de la responsabilidad, su patriotismo, yo solo veo un puñado de niños, amarilleados por el barro, trepando por las paredes de un resbaladizo agujero. Suben y bajan. Ascienden y descienden, como si la condena y la salvación fuesen la misma cosa. Y en los cubos, inmundicias. No puedo deducir el contenido mágico al que alude el líder, ni debo asumir como válida su sonrisa diabólica.
>
> FOK

¿Y Dios? ¿En qué lugar de esa mina se encuentra? ¿Es lícito condenar su ausencia? ¿Son manidas mis preguntas? ¿Por qué FOK no se pregunta por él? ¿Su escepticismo lo convierte en un mejor cronista? Esa misma noche, tras gritar, reír y llorar a la vez mientras conducía, mientras veía a Dios convertido en una aurora boreal, soñé con él. No lo hice de manera natural. No fue, en modo alguno, un sueño idílico. Me *sobrevino* —es la palabra que, con mayor exactitud, refleja los contornos del sueño— uno de los mejores párrafos que he leído jamás. En su novela *Lincoln en el bardo,* el autor norteamericano George Saunders describe, refiriéndose al juicio final, una escena en la que su protagonista presencia una transformación horrorosa: en una carpa hecha de sangre, figuras humanas en mesas, una bestia en lugar de Cristo y escenas de sufrimiento y terror, un sujeto cualquiera, común como uno más de nosotros, recibe la ira de Dios.

Puedo asegurarles que *Lincoln en el bardo* es una extraordinaria novela sobre el amor y la perdurabilidad del espíritu, pero esta escena terrorífica, que también puede ser prelúdica, me acompaña desde entonces y regresa a mí en los momentos más insospechados, incluidos los que yo creo felices, incluso cuando el placer, quién sabe si superficial, amaina mis otros sentidos. Cuando les confesé que creí ver la sonrisa anatómica de Dios en esa aurora boreal (intensa e inesperada), dije la verdad. Sonaba en la radio *My Lord,* de George Harrison, y sentí que todas mis imprecaciones, muchas durante meses, estaban recibiendo una respuesta.

—¡Eres tú! —grité.

Sí, era Dios, con mayúsculas, quien me decía algo, algo bello, en una carretera solitaria de Noruega, y en un lugar sin nombre, en la estación del año inapropiada. Primero, un fogonazo, y más tarde una sábana verde extendiéndose en el cielo, un manto alumbrando con nuclear opacidad aquella carretera hacia ninguna parte. El problema no estuvo en asociar ese fenómeno con Dios, sino en el miedo que sentí. Pensarán que a qué clase de miedo me refiero. Lo cierto es que ni lo supe ni lo sé. Miedo a secas. O miedo a tener miedo de forma permanente, o a que todos los miedos que afloran en mí, quién sabe desde cuándo, quién sabe con cuánta fuerza, fuesen atávicos. Miedo a que ni él ni mi padre me perdonaran. Miedo a que yo no supiera perdonarme.

El perdón, admití, es un privilegio al que aspiran por igual quien desea darlo y quien puede recibirlo. El perdón es un salto al vacío, pero también un paso adelante. En el vacío no solo hay oscuridad, sino un vasto territorio en el que construir futuro. El futuro se imagina y se construye. El futuro será, en muy poco tiempo, nuestro único lugar común. Nadie pretende que el perdón ponga fin a la lectura del pasado. El pasado existe porque somos memoria: conservémosla, protejámosla, despejemos su entrada cuando presente y futuro sean indescifrables. Pero no supeditemos el perdón a la vigencia de lo que ya murió, porque a los muertos —que siempre serán muchos y dignos— se les honra construyendo vida.

De la excitación, de la alegría causada por un hecho accidental, pasé a la tristeza más honda, a una suerte de angustia poética y melancólica que se mezcló con el miedo, sin aristas, austera y roma, como los grandes infortunios. Y mientras, muy a mi pesar, seguí conduciendo.

2

Me separaban de Trondheim ciento cincuenta kilómetros de autopista. Conduje a ciegas, en un silencio absoluto. Sin música, blindado por los cristales del coche. Ajeno al ruido ordinario de los otros automóviles. La ciudad me recibió con maneras de barriada industrial.

Entregué el vehículo y recorrí a pie la distancia que me separaba del centro. El mar, sobrio y alargado, discurría a la derecha del puente. Intenté descansar en el hotel. Frío, antiguo e impersonal. Quizá el peor de todos, quizá el más inadecuado para ese momento. Eran las nueve y media de la mañana y el sueño me abrumaba. Recibí, entonces, la llamada de mi padre. Mejor dicho, como ya me había ocurrido al inicio del viaje, no pude esquivarla.

—Es muy probable —sentenció— que el cansancio sea el epílogo de ese otro cansancio que arrastras desde hace meses.

—¿Por qué dices eso, padre?

—Porque percibo en tus palabras una cierta letanía, que no es sino el discurso de quien se apaga o del que siente un súbito apagón del espíritu.

—¡No te entiendo! Ayer conduje catorce horas y necesito dormir.

—Pero ¿no es cierto que normalmente podrías soportar no solo catorce horas de carretera sino días enteros atravesando las montañas sin ceder ante la fatiga?

—Por favor, pásame a mamá.

—Escucha esto: «¿Cómo puedes caminar, si no conoces el lenguaje de los muertos?».

—Ahora lo entiendo. Estás mirando mis notas. Os pedí que fueseis a casa a regar las plantas, no a revisar mis papeles.

—Te centras de nuevo en lo intrascendente, hijo. Dime: ¿qué significan estos versos?

—Son versos de Shelley...

—Lo sé, pero ¿conoces su significado?

—No, profesor Keating. Dígamelo usted.

—El significado es parecido a esa frase que tanto te gusta de *La divina comedia,* cuando un muerto impreca a Dante con las siguientes palabras: «¿Quién es aquel que, sin muerte, camina entre los muertos?». Significa que es inútil empeñarse en ser un moribundo mientras la fuerza te acompaña.

—Ese final es poco poético, padre.

—Sí, pero lo has entendido.

Reflexioné sobre las palabras de mi padre mientras caminaba por las calles de Trondheim. «¿Cómo puedes caminar, si no conoces el lenguaje de los muertos?». Esta cita de Shelley, que encontró entre mis notas, me hizo cuestionar mi propio viaje y mis motivaciones.

Trondheim, con su disposición moderna y equilibrada, se convirtió en el escenario de mi particular catarsis. ¿Debía purgar de una vez mis recuerdos? ¿Cómo eliminar la imagen de ella entregada a FOK, deshecha entre sus brazos, alineada con sus propósitos y forma de ser? Al salir del hotel, recorrí la calle principal de la población. Los colores y los haces ferrosos brillaban con igual magnitud. Supe, sí, que jamás disfrutaría de la ciudad. Me di un motivo intrascendente. En primer lugar, Noruega no es el mejor país para interactuar. El carácter nativo es reservado y el idioma, más allá del uso del inglés, es una infranqueable barrera. Eso me permitió pasar desapercibido, lo cual resultó ser un error crucial.

Quizá, mis impresiones solo eran clichés, medias verdades fruto de un acoplamiento defectuoso. En segundo lugar, no tenía suficiente dinero. No pude comer ni disfrutar de la vida nocturna como un noruego. Paseaba, comía en los restaurantes más baratos, mataba el tiempo en los bancos que rodeaban la catedral, ornamentada y cuadrangular; o en el museo de arte de Trondheim, con su fachada de cristal, aunando, en un mismo espacio, reflejos catedralicios, hileras de sillas y lámparas suspendidas.

En el muelle de Annonsører, la bahía era un juego de espejos: macizos, crudos, la mayoría rígidos sobre el agua. Las nubes acariciaban la cresta de la ladera. El mar, grueso y plateado, recogía su piel con trenzas que miraban hacia mí. Todo era distante e individual, como las franjas de agua que zapateaban alrededor de los islotes, como las gaviotas que gemían junto al embarcadero. El aire era frío y olía a profundidad y roca.

En el otro extremo, en Brattøra, compartían territorio los dos principales edificios financieros y el museo de la música popular.

Entre tanta rigidez, belleza y perfección, me encontraba yo, sumido en el silencio.

¡Cuánta perfección entre tanto silencio!

Y entremedias, yo.

Les confieso que necesitaba escribir.

Desconozco si era la necesidad de quien se ha visto superado por el viaje, la soledad o la nostalgia. Escribía incansablemente, relegando a la irrelevancia los parajes de la región, como si reinventara el significado del mundo con mis palabras. Ridículo, sí, pero también salvador. Me pregunto qué habría sido de mí sin el refugio de la literatura, sin sus mentiras, sin las horas ininterrumpidas en las que el escritor respira cabizbajo, quieto frente al papel, dócil ante la memoria y la palabra. Aún recuerdo la tarde en la librería Tanum, un abrigo idílico con perfume a nieve y madera. En una mesa frente al ventanal, *llené* —ese es el verbo y no otro— páginas y páginas, algunas ilegibles y otras, la mayoría, dolorosas. Se trataba de mi novela, y de ella, y de ambos, y del mundo que se rompe como los glaciares febriles, como el desierto que fenece hastiado de tanta sed y sigilo. Si les digo que en Trondheim fui feliz, les mentiría. En aquella burbuja literaria y opaca, yo mismo sentía el grosor de las muchas agujas que debían desnudarme.

¡Y Dios sabe que lo hicieron!

Dios, el mismo que me sonrió con brillantes ademanes, retornaba a mí imponiéndome un dolor tan terrenal como carnívoro: el hambre.

Un vacío que se extendía más allá de mi estómago, impregnando cada célula de mi cuerpo y alzándose como revelación. Hambre irracional, como la descrita por Hansum, en el corazón de Noruega, en el lugar tormentoso de su novela, a miles de kilómetros de la mía, y, sin embargo, tan cerca.

3

El hambre se soluciona comiendo, y yo decidí comer. Pero no tenía dinero. Les sonará vulgar, mi tarjeta de crédito tiritaba, tanto como yo en esa noche de cristales y gas. Primero lo intenté en un restaurante de comida española, y no pude. Simplemente, no pude. Luego entré en un supermercado, ordinario y limpio; compré jamón cocido y yogures. Regresé al hotel y allí cené, sentado en la cama, con el manuscrito de *Sudor y lluvia tras el fin del mundo* a mi lado, quieto, muy quieto.

Escribir sobre uno mismo y el dolor puro es una tarea compleja. Y hacerlo con multitud de líneas rojas atravesando el camino, asomando en el horizonte literario, como si fuesen destellos amenazantes, no es sencillo. *Sudor y lluvia tras el fin del mundo* ya tomaba forma en mi mente antes de conocer a Karl Ove. Pretendía contar la historia de una infidelidad. Pero ¿qué es una infidelidad? ¿Por qué tiene o debería tener un interés literario? En el mundo nada hay comparable con la traición y el abandono. Subrayo mi perspectiva: víctima de traición y abandono, me consideraba inmerso en la peor de las tragedias, por lo tanto, era acreedor de la peor tragedia, la tragedia del amor y el desengaño, la tragedia que rompe el vínculo sutil de la confianza.

Pero la infidelidad... ¿Por qué adjetivarla con tantísima dosis de drama? Cuando en los primeros capítulos de este relato les decía que mi mujer me había abandonado por otro hombre, contaba la verdad, la verdad objetiva, la verdad que, por ejemplo, los abogados defendemos con ahínco, como si el drama fuese binario, como si reconocer la existencia de una amplísima zona gris entre A y Z fuese, por sí mismo, un pecado. Un pecado retórico, pero pecado, pecado en mayúsculas, pecado que permite la condescendencia con el enemigo. Yo no podía caer en semejante error, aunque lo deseara, porque sentía dolor, y la palabra debía serme balsámica y acogedora.

No, ni la verdad ni la vida son monocromáticas. Y menos aún la literatura. Mi mujer se fue con otro hombre. Ese era el punto de partida, o el lugar en que desembocan otros muchos ríos, algunos pestilentes, otros llenos de sonoridad y vegetación. La novela debía trascender, concebida como una maquinaria perfecta con sus propios laberintos y desagües. Retroceder en el tiempo, elevar sobre lo pretérito un espejo que fuese clarividente y salvador.

Pues bien, mi punto de partida para escribir una historia sobre la infidelidad y el abandono era el siguiente: yo me acuso. Me acuso de lo sustancial. De haber sido un aventurero frustrado, de haberme impuesto, antes de que se diera la circunstancia, una vida monacal concebida por y para la aventura imaginaria.

Pero ¿cómo formular una acusación contra mí mismo sin condenar mi autoestima, sin entregar a mi rival las muchas verdades del relato? ¿De qué manera podía construir una ficción autobiográfica en la que solo yo reconociese los códigos de la realidad?

Y ella..., ¿cuál era su papel en la historia? ¿Tenía un verso, un verso propio, que explicara nuestro drama? Y si lo tenía, ¿cómo penetrar en él?, ¿cómo manifestarlo con palabras vívidas que no porfiaran con aquello que aún debía decirle? Era mi deber darle a ese verso una razón, tan absoluta, tan demoledora, tan comprensible para el escritor y sus futuros lectores. Sí, tenía una idea vaga de su recorrido como persona, de sus hitos y causalidades, de su geografía emocional.

Eso no me fue difícil. ¿Y el desenlace? ¿Merecía el personaje un desenlace pletórico y justo? ¿En qué medida el suyo debía ser distinto al que yo deseaba para la persona? Esta disyuntiva paralizó mi escritura, porque no desbloquear el personaje suponía no ser capaz de enfrentarme a la persona y ello, el transcurso del viaje, era una evidencia, me negaba una segunda oportunidad. Escalar un país hacia su cumbre y no resolver el dilema que me servía de motor era un fracaso.

¿Qué hacer con un personaje que se deslizaba entre mis manos, que reclamaba con voz propia trazos de persona? ¿Cómo emitir un veredicto si, en aquellos parajes espesados por la anatomía del mundo, aún la añoraba? ¿Debía desprenderme del personaje para desquerer al heterónimo? Ella era rebelde y salvaje. Transformado en un territorio más cercano a la prehistoria que a mi propia historia, la aceptaba y recibía, permitiendo que arraigara en mí para devorarme. Me expuse a su crueldad sin miramientos, sin defender mis posesiones, sin alimentar paralelamente mi deseo abúlico por vivir. El desenlace era uno, y había venido a Noruega para escribirlo, para deshacerme de él y seguir mi camino.

Pero no podía. El personaje, confundido con la persona, sabía de mis intenciones, alargaba su sombra en el papel, subrayaba mi impotencia con palabras y acciones inconcebibles. No era yo quien la estaba escribiendo. No era yo el creador. No era el Tolstoi omnipresente que solo sabe de finales justos. Se trataba de escribir, de hilvanar las palabras, de coser a ciegas los últimos pasajes de la novela.

Cuánta frustración. Qué miedo tan atroz. Qué sensación de delirio en aquel país hondísimo y fresco, al que miraba con recelo. Debía hablar con alguien, y hacerlo, esta vez, a corazón abierto.

4

Una íntima amiga, que, además de fotógrafa, es una magnífica psicóloga, me interrogó por teléfono.

—¿Qué te preocupa ahora?

—No puedo escribir —confesé.

—Me acabas de decir que estás escribiendo mucho, que no te dedicas a otra cosa en este viaje.

—Escribo incansablemente, sin lograr alcanzarla.

—A ella…

—Parece protegida por un muro de cemento impenetrable.

—Imaginemos, por un momento, que deja de serlo. Y que, una vez allí, estás ante ella, y la miras y le hablas… ¿En qué cambiaría tu argumento?

—Cambiaría el final. Siento que no puedo llegar a él, que soy incapaz de escribir el desenlace que ella merece.

—Ahora la confundes con el personaje. No son lo mismo.

—Lo sé.

—¿Qué deseas hacer con el personaje?

—No me atrevo a decirlo.

—Inténtalo.

—Quizá…, desearía un desenlace trágico.

—Eso es un eufemismo. Tú, que eres experto en la tragedia, sabes que esta abarca muchos conflictos y desenlaces. Habla con claridad.

—Quizá…

—Deseas matar al personaje, ¿no es cierto?

—Quizá.

—¿Crees que, matando al personaje, la estás matando a ella?

—Quizá.

—Hablamos de un personaje. No es una persona de carne y hueso. Ni siquiera tiene por qué ser ella.

—Pero si lo fuese, si entre ella y el personaje hubiese una sola semejanza…, sería incapaz de hacerlo.

—No lo hagas. Busca otro desenlace. Uno que no sea dramático. Uno que te haga feliz.

—¿Feliz?

—Feliz, sí. Y, si no te atreves, piensa en mí como lectora. ¿Miento si digo que los lectores deseamos siempre un final feliz?

—Pero ella…

—Ella no es el personaje. No estás reescribiendo tu vida. Se trata de una novela. Las novelas son ficción. No te confundas.

—El caso es que yo necesito…

—Hazlo entonces.

—No puedo, estoy bloqueado. No puedo escribir. Además, siento algo.

—¿Qué sientes exactamente?

—Una presión en el pecho acompañada de profunda tristeza.

—¿Desde cuándo?

—Desde hace unos días. Pensé que no era importante. Me sucede siempre al comienzo de los viajes. Pero esta vez…

—Esta vez es distinto.

—Muy distinto. El viaje y esa sensación.

Silencio.

—¿Sabes que el otro día, mientras estaba perdido en la carretera, vi una aurora boreal? —cambié de tema.

—¿En agosto? No te creo.

—Lo sé, fue un milagro.

—¿Y por qué lo dices con ese tono?

—Porque creí ver a Dios.

Silencio de nuevo.

—Es normal asociar experiencias como esa con el misterio. No lo consideres algo extraño.

—¿Y lo demás?

—Lo demás es aquello que nunca querría decirle a un amigo.

—Pero tú eres mi amiga…

—¿Quieres que tengamos esta conversación ahora? ¿No prefieres que esperemos a tu regreso?

—No, la necesito ahora.

Silencio…, otra vez.

—Creo que estás deprimido.

—¿Estoy deprimido, como lo está quien ha sufrido un revés, o padezco depresión?

—Me inclinaría por lo segundo.

—¿Por qué? ¿Por qué yo y por qué ahora?

—¿Estás seguro de no haber tenido esta sensación antes?

—Podría ser…

—No has digerido lo que sucedió. Ni lo has analizado, ni te has analizado. Y es ahora, mientras viajas, cuando mente y cuerpo te dicen basta.

—¿Qué debo hacer, amiga?

—Estás en Trondheim. ¿Por qué no coges el primer vuelo y regresas a Madrid?

—Aún no he visto a Karl Ove.

—No creo que hayas viajado a Noruega con esa intención.

—Yo tampoco lo creo, pero no sería un mal colofón.

—¿Y crees que él querría verte en ese estado?

La angustia no sabe de causas. La angustia es el delirio hecho carne, como la certeza de que las fachadas del mundo se desvanecen, y más allá solo hay una cascada de precipicios. La negrura por los cuatro costados. El deseo de saltar es tan intenso como el miedo a hacerlo, como el pavor a resbalar en alguna de sus esquinas y decir adiós para siempre. Qué importan las causas cuando la sangre ensancha nuestras venas, cuando nada es real, aunque lo parezca, aunque el observador, que al mismo tiempo es observado, disimule. Es la gran obra de teatro en la que el sujeto se juzga. Eso es la angustia. Morir o no morir, sin que importen las demás cuestiones, sin que pueda interpretarse lo pretérito con objetividad. El pasado no existe, el presente desaparece con impudicia y el futuro es el fruto de nuestra imaginación, de nuestra cólera, de las muchas ecuaciones no resueltas que ahora parpadean como un cartel de neón. Qué fácil sería desprenderse de la fatiga si los caminos se detuvieran a golpe de talón. Pero no lo hacen. Los caminos, siempre agrestes e infames, amplían su envergadura para internarse en lo insondable. Y es allí donde caemos rendidos, con las manos temblorosas y llenas de sangre, con la frente y el pecho empapados de sudor. Allí, en un cruce sin direcciones y demasiadas miradas. Allí, absueltos y condenados por nosotros mismos, por nuestros padres, por ese Dios que no perdona el ateísmo. Si al menos el cielo ofreciera alivio, pero es un lugar reservado para creyentes y soldados de la palabra. Jamás un espíritu inacabado. Jamás un blasfemo. Jamás un cautivo en las tinieblas.

Mi manuscrito debía concluir con su muerte. ¿Era eso justo, lo que en realidad deseaba? ¿Entendería ella mi decisión? ¿Es equiparable el perjuicio de una infidelidad con el desconsuelo de saberse muerto en la ficción? Karl Ove jamás tuvo ese problema, porque en su literatura todo era verdad y esta no se explica, solo se cuenta. El escritor expone los detalles sin censura, con la seguridad de ser su dueño y protagonista, el testigo imparcial que arroja toda la luz. Su vida es la mía. Su verdad es mi verdad. Su confesión es el motor de la mía, el espejo en que verme reflejado. Pero me debatía entre matar a un personaje o permitir que me devorase. Al hacerlo, me obligaba a utilizar eufemismos. Era el miedo del que vive y el miedo del creador. Era el deseo de ser absuelto tras haber cumplido condena. ¡Qué paradoja tan horrible! ¡Cuánto martirio sin solución!

5
Tromsø

> Se deja fotografiar. El general, sentado en el trono, engalanado por el zumbido de las moscas y el terror, sonríe para mí. Me pregunta si tengo cuanto necesito. Respondo que sí. Lo tengo a él, henchido tras la niebla, sucio. Tengo su relato, tan similar al relato de otros. Y tengo también, cómo no, el recuerdo de un millón de cadáveres.
>
> FOK

Madrid era una ciudad con un millón de cadáveres, escribió Dámaso Alonso. ¡Magnífico cierre, FOK! Ahora sí debo reconocer que te envidio. Al menos, tú no huyes. Yo estoy aquí, en el aeropuerto de Trondheim. A mi derecha, alguien lee, bolígrafo en mano, una novela de John Grisham. Me acerco a él, llamó su atención y digo, señalándome a mí mismo, *advokaten*.

Huir.

¿Quiénes huyen?

¿Los valientes?

¿Yo soy un valiente o un cobarde?

¿Hago bien en huir, en asumir la flaqueza, en hacer de ella materia que fatigue al ocaso?

Sí, y también no. Pero decir sí o no, asumir el naufragio emocional con mentalidad binaria es impropio de viajeros. Ustedes pensarán, y con razón, que yo no lo soy. Ni poeta, ni viajero.

Escritor, a duras penas.

Un hombre que abandona la ciudad para dirigirse a otra. Vivir en la frontera de cristal, observando ambos lados del vacío.

Huir…

¿Podría regresar tras mi huida?

¿Conservaría mi casa, mi pasión por los objetos que un día significaron algo?

¿Hablaría de nuevo con quienes me consideraron un héroe?

¿O fenecería sin más, víctima del anonimato, solo entre tantísima soledad impúdica?

¿Cómo explicar a quienes me adulaban que padecía depresión?

Un hombre de mediana edad viaja a Noruega buscando el final de una novela. Y dice estar deprimido…

Es una excusa. Es un síntoma de debilidad. Es un gesto de egoísmo.

Hay muchas clases de frío.

Por ejemplo, el frío provocado por hielo. El hielo —permítanme este brevísimo homenaje— que emerge en ciertas tardes remotas. El frío puede ser superficial, momentáneo y corregible. El frío es una modalidad del espíritu y que congela los colores, que matiza su intensidad y nos hace irrelevantes.

Odio tener frío mientras viajo.

Pero más aún odio sentirlo, porque el paisaje, lejos de ser abismal e imponente, se vuelve una excusa, un escenario transitorio, un mero lugar de paso.

Al descender del avión, veo a un hombre terriblemente abrigado.

Imagínenlo como si fuese un expedicionario.

El verano no existe, pensé. Y si lo hace, todo en él es relativo. Yo vestía una cazadora ligera, impropia para los 0° de una ciudad muy próxima —la más próxima— al Círculo Polar Ártico.

Y si nuestro querido Carpentier desnudó al protagonista de *Los pasos perdidos* nada más pisar el corazón de la selva, alguien debió conducirme a cualquier lugar en el que hubiese fuego y agua caliente.

Y no lo hizo.

Anduve por las calles de Tromsø teniendo frío, sintiendo frío, y mostrando mi acentuada extravagancia a quienes atravesaban las calles con gorros y guantes de lana. No es esta una anécdota, sino la descripción de alguien que deambula por la ciudad avistando un final. No era un mal final.

Terminaba el viaje y también algo. La palabra *algo* significa mucho para mí. Es simple, fresca y alberga un espacio transfronterizo en el que puedo describir casi todo. Al decir *algo,* o al sentir en ese momento, en mi absurdo caminar por las calles de la ciudad del Ártico, sabía bien a qué me refería, aunque no encontrara la palabra. En ocasiones, las palabras se perciben y se sienten, no es necesario escribirlas. Algo. El fin de quien era ya un intruso.

¿Puede el viajero ser un intruso en la ciudad?

¿Se puede viajar como un impostor cuyos gestos delatan su inexperiencia, su inadaptación al frío, la necesidad de resguardarse en esa dimensión insondable tan llena de nostalgia? Pienso en el protagonista de la novela *Hambre*. Él era un intruso por decisión propia. Alguien decidido a buscar. A buscar espacios y personas, a ocuparlos y desocuparlos con firme desapego, renunciar a todo lo material, incluidas las esencias del paisaje. Él era un intruso en mayúsculas.

Mi intrusismo era desesperanzado.

Amaba la ciudad.

Al igual que Oslo, Bergen, Trondheim...

Las amaba tanto como el vacío iluminado por la aurora boreal o el círculo fajado por montañas que me hizo ser una limitadísima versión de Dante.

Amaba, porque subsistía en mí un instinto de supervivencia que bombeaba muchas partes de mi cuerpo, algunas dormidas, otras solo adormecidas por la negación. Y al sobrevivir, tiene lugar el descubrimiento.

Nuevas realidades.

Nuevas emociones.

El novísimo despertar de la tragedia, convertido en un trágico y no en la trágica sombra que aletea en el mar. Yo buscaba el abrazo de los otros, aunque no los entendiera, aunque supiese que ellos no me entenderían.

¡Cuánta frustración en mí!

¿Debía serme tan difícil hablar los idiomas del mundo?

Todos, absolutamente todos, para así gritar que yo no deseaba ser un intruso, que el mío era un mensaje colectivo, universal; que yo era capaz de contar la historia de cada una de las mujeres y hombres que quisieran entregármela, que tuviesen el valor de confiar en mí.

No, yo no era un misántropo.

Y, aun así, viajaba como tal, escondido en mi cuaderno, procurando ser uno más, sin ser nadie, sin alzar la voz, sin atreverme a confesar que quería ser todo en todas partes.

El cielo plomizo de Tromsø aventuraba un atardecer sin retorno. Un atardecer sin principio ni fin. Se trata de una población pequeña, más de lo que imaginaba, sus casas rústicas y bien conservadas son acogedoras. Me encontraba a trescientos cincuenta kilómetros del Círculo Polar Ártico. Hace frío, y, por momentos, me imagino corriendo por el hielo, vestido con un traje polar, viviendo mi aventura. Lejos de todo, mi llegada es la aventura. Es esta región, llamada Laponia, el lugar perfecto para ver auroras boreales. Yo ya vi una. Tromsø era el penúltimo destino de mi viaje. Sus calles, siempre caladas de víspera, debían de ser epílogo de algo.

¿Iba el espíritu de Amundsen a escribir por mí?

Jamás, ni él ni los muchos oriundos que atravesaban concienzudamente la ciudad.

¿Epílogo de algo o preludio?

Por alguna razón, el hecho de encontrarme al final del viaje me hizo afrontar mi visita como un epílogo. Tromsø, ciudad de expedición y aventura, lejos aún del Ártico, y a demasiada distancia de la frontera con Rusia, asomaba como una localidad más de esa Noruega ordenada y amable, fría y con textura de hoguera. Callada entre montañas, entre fiordos de ondulada orografía. Mi actitud no debía ser distinta a la que tuve, a la que defendí y en la que me pertreché días atrás. Sin embargo, Tromsø era epílogo y metáfora a la vez. O, dicho de otro modo, aquella población tan cercana a uno de los centros geográficos de la tierra, con sus calles endulzadas de frío polar, con el mar reafirmándose bajo el sol, era metáfora, accidente y estallido de ánimo.

Ella, la ciudad, me decía sí a cualquier delirio, a cualquiera de mis párrafos, a todas las justificaciones que me habían empujado hasta Noruega y que, con toda seguridad, me situarían en los años venideros frente a los más bellos precipicios del mundo.

En aquella urbe expedicionaria, no hice nada venturoso salvo pasear, comer en un restaurante italonoruego y escribir. Escribir en la biblioteca pública, delante de un ventanal con vistas al mar. Yo, minúsculo y satisfecho, observando una calle que descendía hacia el puerto, reflexionando sobre el tedio y la amplitud del destino.

Escribí, queridos amigos, como no lo hice durante todo el viaje.

Escribí con pasión, con elocuencia y con la firme voluntad de ser justo con ese personaje que atravesaba mi historia, que me convertía en enemigo de la mía. Justo y ecuánime. Justo con ella y afín a las múltiples verdades que tamizan el delirio.

Escribí.

La ciudad no tenía nada que ofrecerme, salvo aquella imagen frontal, ahora untada de ocaso. Un amable funcionario de la biblioteca me sugirió que debía marcharme. Quise enseñarle el manuscrito y no me atreví. Es probable que hubiera deseado leerlo y que sus críticas, siempre constructivas en boca de un noruego, me hubieran expulsado al lugar de partida.

Dormí un sueño profundo y enigmático.

Al día siguiente, quise comprobar si Dios volvía a sonreírme de forma afable, como siempre ha hecho, como siempre he imaginado que hace con su amabilidad verdosa y onírica en mi poder. Me dirigí a una de las construcciones más bellas de la ciudad. La catedral del Ártico tiene forma de iglú. Las paredes son blancas y altas. Hay carriles de luz entre ellas. Todas forman paneles superpuestos. Observé, a través de un cristal, cómo el viento agitaba la copa de un árbol. La vidriera modernista se erguía sobre un altar de lisas texturas. Me olvidé, por suerte, de que estoy en el Ártico, de que extramuros de la catedral, en el Museo Polar, rezuma la corteza, con su piel de madera, con olor a café, con la negritud en los dedos de los muchos personajes que abordaron la aventura; pólvora y viento, regresos y huidas; marchar y desear seguir marchando, escribir en delgadas hojas amarillas; allí, entre fotografías que acentúan los gestos, las facciones curtidas por el sol, unos dedos gruesos teclean en la máquina de escribir. Flota el humo del tabaco en el camarote, como una niebla prieta. Todos los datos de la expedición me recuerdan que el fin está muy cerca. Al observar el rostro de Amundsen, pienso en Scott, en su gran rival, en el hombre que entendió demasiado tarde las reglas de la competición, y no supo —o no quiso saber— que lanzarse a la carrera equivale siempre a llegar primero.

Amundsen, enfundado en un abrigo de piel, presto a deslizarse por el hielo como un animal salvaje. Y Scott, con su gesto pausado, ajeno a la gloria, siguiendo sus pasos, sintiendo la urgencia de los muchos próceres que pretendían ver sus respectivas banderas ondeando en la inmensidad blanca. Para las rutas emprendidas por el explorador noruego y Scott, ambos se han rodeado de seres inmateriales a los que ordenar el éxito. Explorar es conocer. La aventura conduce al autoconocimiento. Los grandes capítulos de la historia pertenecen a quienes pueden releer lo pretérito con comodidad, quietos ya en su vívido panteón.

La conquista del Polo Sur fue un descenso a los infiernos. Abajo, expuesto a ese cielo invertido tan preñado de noche, abismo y precipicio, los dos exploradores se alejan de Dios. La antesala del cielo no es un territorio virgen. Las huellas del hombre percuten la tierra. Se habían producido las primeras conquistas y los primeros bautismos. La investigación del territorio, el análisis de su anatomía y el uso de las evidencias en pro del ser humano carecían de épica. En la estadística, en la numerología, en los tratados de ciencia no hay sudor ni agonía. Amundsen es un hombre agónico que disfruta con la debilidad de los otros, que rebate lo imposible con gestos suicidas, que impone su amor a la muerte a quienes examinan a diario el grosor del hielo y la temperatura del viento.

Nada salvo la gloria. Nada salvo el privilegio de llegar primero a un punto inconcreto. Amundsen y Scott... Pero ¿quiénes éramos tú y yo? ¿Quién era yo en ese momento, deambulando por la ciudad de Tromsø, expuesto a la intemperie y erguido ante los nuevos descubrimientos? ¿Era Amundsen o Scott? ¿Era el explorador que atravesaba el alba en su barco inmortal, receloso del empuje de las sombras y sereno ante la adversidad? ¿O era Scott, el ser templado que asumía su extraordinaria responsabilidad con mesura, con amor al prójimo, con un deseo de introspección mucho mayor que el de sus mecenas? ¿Y quién eras tú? ¿Cuál de los dos se aproximaba a tu carácter? ¿En qué espejo veías reflejado tu amor por la inmortalidad?

En una ocasión, me hablaste de África con desdén. Se trataba del gran continente, de la tierra primitiva, del lugar donde aún brotaban los viejos atavismos. Te referías a ella como un lugar de destino, como si importaran más las rutas pavimentadas por el hombre blanco que los infiernos a los que yo me refería pensando en Conrad. Tu visión de la tierra madre era la de una turista. Jamás pensaste en competir con los otros de tu misma clase, ni lanzarte a la privada conquista de lugares asilvestrados. En tu visión del mundo buscabas solo el placer. Luego, lo colgabas en las paredes de casa, lo exhibías con abalorios de origen primitivo, lo contabas con la precisión, a veces parca, de quien pretende suscitar aplausos. Pero los aplausos terminaban, el aplaudidor preguntaba ya por otra cosa, por lugares cercanos, por las miserias del día a día. No te importaba. Ya habías cumplido la misión. En tu mente aullaba el próximo día, la labor cotidiana que necesita de empuje y despertador. Regresabas al trabajo, al ocio y a la comodidad del hogar. Eras, por tanto, Scott. Y para él —es decir, para ti— no había rivales, sino espectadores. Los mimbres de tu competición eran los de un teatro. En él actuabas cómodamente, batiéndote solo con el deseo, siendo ajena a la urgencia.

Yo, por el contrario, me debatía con incertidumbre en el muelle principal del puerto, hastiado ya de tanta mesura, solo frente al ancho mar. La tierra, a la que tampoco conocía, me era irrelevante y seca, inapropiada para un hombre furioso consigo mismo. Sin un barco en mi poder, sin tripulación a mi cargo, sin conocimientos de marinería, la expedición se antojaba lenta, muy lenta, demasiado para quien vivía sin resuello su aburguesamiento. Era un loco elegante consumido, al que de nada servía contemplar la aventura de los demás. Viajaba en silencio, trazando rutas, investigando la cultura del otro, anudando mi futuro al de mis muchos semejantes que no me conocían.

Era yo Amundsen.

Un explorador fanático y sin piernas, que no sabía leer los mapas, que vivía ajeno al vocabulario de lo salvaje y al que nada de cuanto había a su alrededor le era útil. Mi gran error fue no ver en ti a Scott y considerarte un futuro miembro de mi tripulación. No a mis órdenes, sino pilotando con solidaridad esa nave bautizada con mi nombre. Me había confesado ante ti. Me había abierto en canal. Te había entregado todo cuanto ansiaba, con el único fin de que lo hicieras posible. Qué larga se hacía la espera. Cuántos exploradores de peor calaña se hacían a la mar, algunos en frágiles embarcaciones, otros desplegando las velas y aullando como lobos. Mi gesto frente a ellos era desesperante, en especial para quienes me veían varado en el puerto, sin calentar el hogar, con un pie en el mundo reglado que heredé de mis padres y otro en el fango. El gesto desesperante me hacía ser un hombre desesperado, sordo a los consejos de mi padre, de los leales amigos y la razón. Un hombre que detesta los bellos amaneceres desde la ventana o las noches desenfrenadas sin un motivo aparente. Un hombre capaz de malvender su privacidad por un aplauso. Ese era yo. Ese era Amundsen. Y tú, convertida en Scott, hastiada de tanta vaguedad, paseaste un día por el puerto, cogida de mi mano, mirando al imponente mar. Nada me dijiste. Ni un solo pensamiento. Ni la verdad, que por entonces era minúscula. Solo miraste. Y me observaste. Y clavaste en mí esa mirada tan diferente a la que tenías cuando solo te limitabas a mirar. Sonreíste. Viste en mí una revelación. Abrazaste mi secreto y lo hiciste tuyo. Te apropiaste de él. Pero yo seguía siendo Amundsen, y tú lo admitías, lo aplaudías, asumías que mi destino no era otro. Y entre medias, te reías de mí. O te reíste, para ser exactos, el día en que llegué al hogar con un boceto de mi barco, con un glosario de futuribles, con las rutas que debían conducirme, o conducirnos al Polo Sur. Te reíste, porque mi gesto, que era el de Amundsen, era también un gesto fracasado, sin más empuje que el deseo, sin más apoyo que el delirio. Te reíste, sí, porque tú, siendo ya Scott, tenías un plan.

Un plan muy parecido al mío. Un plan espiritual que nació en mí. Fui yo quien te había contagiado el deseo de emprender la exploración de tu vida. ¿Quién era él? ¿Amundsen o Scott? ¿No es menos cierto que rivalizaba por el timón? ¿Aceptaste ser su segundo de a bordo? ¿Fuisteis capaces de unir la voluntad de dos países solo para destronarme? ¿O ni siquiera pensasteis en mí? ¿Era yo un polizón? ¿Era un rival que se debía tener en cuenta? ¿Erais ambos Amundsen y Scott, o Scott y Amundsen, y yo una sombra de ambos? Mi tripulación estaba compuesta por muertos. Cuando desuniste tu destino del mío, te miré partir en un barco de imponente casco, con velas que brillaban bajo el sol. Ni siquiera tenía una chalana, no podía equiparme con los aperos de un explorador de tercera. Los muertos discutían si era yo el explorador adecuado. Cuánta fue mi desventaja. Cuánto el tiempo que dejé transcurrir en el muelle, esperando a que mi barcaza renaciera algún día como una carabela de imponentes hechuras.

Él y tú estabais ya lejos. Escuchaba vuestras noticias, mientras purgaba los muchos tablones del basurero. Recomponía mis rutas ajustándolas a la pobreza. Avistabais ya el Polo Sur, mientras el mar y yo éramos aún dos amantes desconocidos. Decidí entonces partir. Cuando más frágil era. Cuando más mermada estaba mi capacidad para distinguir sombras en medio de la tormenta. Cuando la verdadera exploración sucedía en tierra, lejos del puerto y de las muchas embarcaciones que zarpaban a oscuras. Y, dado que aún no tenía una, pero sí la imperiosa necesidad de partir, me lancé al agua.

Debía nadar. Mover mis brazos con fuerza y no caer en la tentación del cansancio. Eran, por razones obvias, arenas movedizas. Pero en mí también se movía algo. Se movían los cimientos de mi ciudad. Se movían las montañas que cincelaban el horizonte. Se movía la muralla y quienes me ayudaban a defenderla. Se movían y desaparecían. Solo yo, nadando en el mar congelado, cantando para mis adentros melodías de marinero. Solo yo, sin gritos ni ruido a mi alrededor, mirando debajo del agua, pero apuntando al frente, confiando en que mi rumbo, aquel que me inventaba a cada segundo, con cada brazada, era el adecuado, el único que debía llevarme al Polo Sur. Fueron muchas noches y días. Cuando dejaba de nadar, me hundía. Cuando la necesidad de comer era poderosa, me hundía. Cuando miraba en línea recta me hundía, pues el agua era cada vez más espesa, la mar, siempre ancha, gruesa y enigmática me trataba con indolencia, como si no existiese, como si solo los barcos pudieran romper su equilibrio. Entonces, os vi regresar. A muy poca distancia, vuestro barco emprendía el camino de regreso. Allí estabais, Amundsen y Scott, él y tú, comentando suavemente las delicias del Polo Sur. Para mí, ya eras Amundsen, aunque hubieras renunciado a tu papel. Yo era Scott. El peor Scott posible. El más consumido y humillado. El mismo que, cuando vuestro barco desaparecía camino de un nuevo puerto, comenzó a ver el Polo Sur en muchos islotes, en ínsulas que no eran tales, en desechos que, a fuerza de ser blancos, aspiraban a un nombre que jamás tendrían.

Ni he vuelto a tierra ni he llegado al Polo Sur. Aún sigo navegando, ahora con una barca muy discreta, sin más tripulación que un par de hombres muertos que decidieron adelgazar mi soledad. A veces, esta es tan insoportable que mis dos amigos deciden alejarse de mí.

Les exijo lealtad. Les ruego que no se vayan, que me presten su aliento, que me digan, si es que lo saben, la manera más digna de regresar a casa. Y si todo eso no es posible, si yo soy un explorador sin más futuro que la muerte, les exijo que no hablen de ella ni la pongan de ejemplo, que no flirteen con la posibilidad de unirse a su expedición. Eso me haría llegar al Polo Sur a través del interior del mar, por el tramo más corto, por la ruta que yo mismo me prohíbo cuando, imaginándome en el balcón de mi casa, contemplo un nuevo amanecer.

TERCERA PARTE

AULARIOS QUE DEROGAN LA AVENTURA

1
Identidades

En un pequeño local de Tromsø, un joven dependiente quiso saber mi procedencia.

—Soy de España —le señalé.

—Bello país. Siempre he querido visitarlo. ¿De qué ciudad?

—De Madrid.

—¡Hala Madrid!

—Hala.

—Y dime, ¿cómo está la economía? ¿Sigue tan mal como en 2008?

—Regular, solo regular.

—Mi deseo es recorrer el país. Como ustedes son pobres y nuestros sueldos tan altos, es muy probable que mis vacaciones sean fantásticas.

El chico no tenía más de veinte años y, aunque su comentario fue improcedente, me hizo reflexionar. A su lado, mientras me bebía el té, no pensé en su familia, sino en la mía. En mi historia, que es la historia de mis padres. En mi infierno, que fue una representación del suyo. Permítanme esta breve digresión.

¿Quién era yo? Y lo más importante, ¿de dónde venía?, ¿de quiénes? Provengo de una familia de clase obrera. Mi padre, ahora jubilado, fue contable en una empresa de automóviles, y mi madre, ama de casa. Poco hablaban entre ellos del trabajo. Era como si este lo envolviera en un grueso silencio, como si el desempeño de mi padre fuera silencioso. Su jornada era de catorce horas diarias, de lunes a viernes, y la mayoría de los fines de semana. Tiempo libre contaminado por la obligación. Así era la vida de mi padre. Pero se sentía orgulloso. Era dueño de una nómina importante, de un trabajo importante y de una estabilidad aún más importante. Objetivo cumplido. A veces, él se remontaba a los años sesenta, a su primer empleo en una embotelladora, a su primer sueldo y al convencimiento de que, con tesón y esfuerzo, progresaría en la escala social. Eran años grises. Y las labores de oficina se situaba en un escalón intermedio de la pirámide. Tenía más opciones de progresar que de precipitarse al vacío.

Había en él satisfacción y temor porque su cometido, aunque también fuera manual, lo alejaba del campo, de las jornadas a pleno sol, del chamizo en que vivieron sus padres, sus tíos y los padres de todos ellos. Había que dar gracias. Y de ese agradecimiento, que era servil, nació una idea involuntaria de trabajo. Este como signo o síntoma de obediencia al sistema, al sistema gris de la dictadura, a sus normas patriarcales, a la noción de oficio precario impuesto por el patriarca y, por encima de todo, a sus dos grandes hitos: la familia y la maternidad. Trabajo, familia y maternidad como síntomas de lo normal, de lo recto y de la lealtad con el futuro. Así se dividió de nuevo nuestro país. Era una división por clases; y para la clase obrera, el franquismo había diseñado una clase media consumista. Una clase media inmóvil y tradicional. Una clase media, similar en apariencia a la clase alta, con posibilidades reales de alcanzarla y un destino tan encapsulado como el de las familias que padecían la precariedad. Comprar una casa, aunque fuera mísera, era un éxito. El primer triunfo para los recién casados, para los padres primerizos, para el obrero diligente y la esposa aún más diligente, que ya participaban en esa primera ecuación: paternidad más maternidad igual a posesión. Pero esta, que debía ser intemporal, se llevaría a cabo lejos de la ciudad, en los pueblos de antaño reconvertidos en cinturones, en ciudades dormitorio, en colmenas de ladrillo rojo y ventanas de aluminio. Allí, y no en otro lugar. Con la gran urbe iluminando el horizonte, con sus céntricas calles solo aptas para el obrero en días festivos. En los villorrios menores que ensanchaban sus calles, ansiando ser capital de ninguna parte, justificando la urbanización de los descampados, creando privilegios que no eran tales, solo refugios para los vivos muertos. Mis padres lo eran porque habían renunciado al espíritu a cambio de tener un piso, no una casa ni un hogar, que sentara las bases de una familia. De nada servía un trabajo cualificado sin un título de propiedad y sin ese elemento estructural que permitió la adaptación de muchas familias, algunas de origen dudoso y otras con un futuro incierto. La unidad y el equilibrio no sepultan el deseo, solo lo camuflan, lo aplazan, lo contienen como si fuera un impulso salvaje. Anhelar fuera de los modos consumistas era una desconsideración, una falta de respeto a las madres y padres que murieron en el campo, que aún morían a pleno sol, o en oscuras habitaciones de cal. ¡Anhelar! Anhelar era un lujo de ricos, el sueño de quienes no tenían los pies en la tierra. ¿Anhelaba mi padre algo más que su sueldo y el breve sueño de las madrugadas? ¿Deseaba mi madre, que era ama de casa, amar y ser amada a espaldas de la rutina, o amarse sin la obligación de amar lo cotidiano? Cuánto daño ha hecho la unidad familiar. Cuántos mundos inexistentes han desaparecido en vano. Cuántas mujeres y hombres han sido víctimas de su propio vacío y la fragilidad familiar. Y en ese escenario, en ese contexto típico y emocionalmente atípico, nací yo. Yo concebido como razón, como trazo de un círculo en expansión, como la vida que alimenta a otras vidas. Yo, ocurriendo dentro de las paredes del círculo, requiriendo cuidados, suplicando a mis padres una atención que justificaba la falta de atención al deseo.

2
Paternidad

En ocasiones me pregunto si Kapuściński fue un buen padre. Si sus hijos lo admiraron tanto como admiraban al hombre, si la relación entre ellos era natural o estaba viciada por el amor. Les he hablado de mi padre, y de su amor por mí, de su amor excesivo, de ese amor atávico concebido como fuente de nuevas preocupaciones, de quebraderos que escapaban a su control. A su generación se le impuso la paternidad, que era sinónimo de orden, de autoridad, que era una ciega emulación del franquismo. Nuestros padres no supieron serlo, pues eran trabajadores cuya burbuja los mantenía alejados de la imperfección marital y los prevenía al mismo tiempo de la ineptitud paternal.

Mi padre fue feliz. En ese camino debidamente marcado, él se movía con facilidad, con maneras de rico, con las preocupaciones de hombre pobre ocultas y ordenadas dentro de la gabardina.

Mi madre…, qué decir de ella, cómo aceptar sin sonrojo que yo fui su vehículo, que la maternidad era su único instrumento frente al ocaso. Ella sí fue una aventurera, se lo aseguro. Pero en su mente solo la apariencia permitía el progreso. Y este era lo opuesto a la aventura. A la aventura como sentimiento muy profundo, casi ancestral, desbaratado por la dictadura, las obligaciones familiares y la culpa inconsciente. Acercarse a la madre solo era posible mutilando apetencias, embridando sus impulsos, derogando, como escribió el poeta, la aventura.

¿Acaso mi madre sentía amor por la suya?

¿Acaso ella no fue consciente de la falta de amor?

¿Acaso no lo eran ambas?

¿Acaso mi madre no pretendió redefinir su idea de amor exacerbándolo, imponiendo al hijo una reciprocidad contra natura? ¿No incurrió, de forma consciente, en la cosificación de la maternidad?

Alguien, cuyo nombre no recuerdo, me dijo en una ocasión que yo era un ser salvaje.

Ser salvaje.

Qué bello.

Qué extraordinario.

Pero ¿cómo podía saber que era mi verdadera personalidad? ¿Cómo cerciorarme de que la aventura, la aventura salvaje y superflua, la aventura codiciosa y lasciva, estaba en mi ADN?

Jamás creí que fuese cierto. Jamás pensé que fuese víctima de un envejecimiento prematuro, de un proceso de obediencia tan férreo como el de mis padres. Pero tiene sentido. ¡Demasiado sentido! Cuando reviso mi infancia, cuando recuerdo las etiquetas de buen hijo, de hijo cumplidor, viene otra a mi memoria, quizá más cruel, quizá más objetiva: la del hijo observado. Más allá de nuestra diferencia de edad, ellos y yo vivíamos en un mismo bucle generacional, con los códigos de pensamiento de la España gris, exaltando injustamente lo correcto, lo equilibrado, lo acabado. Pronto surgió en mí la primera gran contradicción: alejado del mundo, cautivo en la burbuja paterna, ¿podía yo alinearme con lo exterior, con sus placeres, o era ya demasiado tarde y las puertas del cosmos o bien estaban cerradas o bien tenían unos códigos inaprensibles para mí?

Era yo ser salvaje, aunque no supiera serlo, aunque fuese un estado inconcebible. Poco tardé en enfrentarme con la burbuja materna, y en sentir el repudio de ese otro mundo al que yo aspiraba, al que deseaba con todas mis fuerzas. Sí, poco tardé en asumir mi particular apatridia emocional.

Y dado que el limbo no existe, la apatridia se combate buscando la identidad en lo extraordinario, inventando un espacio deslumbrante lleno de claves y delirios, capaz de competir con los dos mundos oficiales. ¡Debía romper la burbuja! Pero ¿qué sucede cuando no existe apego? ¿O cuando esa falta de apego se traduce en aislamiento emocional, en desconexión identitaria?

Es algo terrible.

Se desencadena una búsqueda de la aventura precedida de una negación de la aventura. Se incurre en fabulaciones con lo extranjero y lo exótico y en una incapacidad absoluta de materializarlas, de hacerlas realidad, y de desflorar el espíritu y echar a correr sin lastres ni prejuicios.

3
Literatura

Entonces me enamoré de la literatura. En la creación hallé un proceso constructivo marcado por su libertad absoluta. Por fin pude materializar la fabulación. Por fin pude liberarme o escapar, de todos los círculos concéntricos en los que no existía. Porque la figura del escritor siempre ha sido omnipotente, su condición autoritaria me serviría para renegar de mi identidad, para sobresalir, quizá, en un estadio de mundanidad igual de autoritario. La supuesta admiración del escritor era un regreso, no un viaje a territorios vedados. Serlo suponía habitar entre dos mundos, sin admitir injerencias de ambos.

Pero finalizábamos los años noventa y nos adentrábamos en el 2000. El arte, y más aún la literatura, eran una disciplina secundaria, ajena al éxito, a la ganancia y a las grandes corporaciones. Vivíamos en un sistema capitalista, era obvio, pero se instauró entre nosotros una filosofía paralela, que era social, que era valorativa, que giraba alrededor de las multinacionales, la globalización y el europeísmo. Política y economía eran dogmas de fe y, según estos, el éxito no estaba en la indagación, en la experiencia ni en el misterio, sino en la acumulación, en la conquista de un puesto dentro de la pirámide y en su producción constante, en su matemática superficial y nunca introspectiva.

Créanme si les digo que, en aquella época, antes de ingresar en la universidad, yo sabía que, en la búsqueda del yo, y no en su prefabricación, residía la aventura. Se trataba de una búsqueda creativa, libre de restricciones. En la búsqueda del yo estaba la fundación del yo colectivo.

Yo quería formar parte de ese proceso. Yo quería tener un lugar destacado en él, como creador, como profanador, como buscador de belleza. Tenía ya conciencia política. No militaba en ningún partido, pero me dolía el mundo, y los muchísimos rincones que, muy a mi pesar, eran sinónimo de exuberancia.

Pronto gané mi primer certamen literario, y pronto, demasiado pronto, me creí escritor y lo contrario. De haberlo sido, de haberme atrevido a profundizar en la aventura, mi equilibrio intelectual sería otro. Sería, si me lo permiten, más equilibrado.

¿Y cuál fue mi elección? ¿Qué me impuse sugerido por la callada imposición de mis padres? Poder. Estatus. Dinero. Es decir, la ley.

La facultad de Derecho era un edificio de hormigón demasiado vetusto, con olor a dictadura, con pancartas y emblemas que solo había visto en los libros de historia. En sus aularios, en la sala magna, en los pasillos con ventanas de aluminio y viejos radiadores, se respiraba podredumbre y riqueza. Mezclados unos con otros, mirándonos por encima del hombro, sospechando que algunos estaban en el lugar equivocado. En aquella facultad se reinventaba a diario el clasismo. Arriba, las grandes familias y los grandes despachos. Abajo, nadie. Ese era nuestro punto de mira. La gran aspiración del estudiante. El éxito social.

¿Y qué hay detrás de un gran despacho de abogados? Dinero. La posibilidad de acumular más dinero. Aquella *filosofía,* si es que puede recibir tal nombre, musculaba nuestra conciencia con dinero y con todo cuanto prosigue a la riqueza. En la objetivación del derecho había y hay un riesgo de misantropía. Derecho financiero. Derecho mercantil. Derecho civil. La erótica del objetivo. Conocer la ley sin conocer el mundo. Conocer las consecuencias del delito sin conocer al hombre. Emplear las reglas para la convivencia sobrevalorando el amor propio. La élite era una atractiva monstruosidad en la que el ego campaba a sus anchas, sin lastres, sin culpa ni juicios críticos: un espacio ideal para involucionar a costa del progreso.

Estudié cinco años en aquella facultad. Nunca se abordó la razón humanitaria. Jamás cupieron las minorías. Era impensable abordar las consecuencias del sistema ni su casuística, porque este, el mismo en el que mis padres creían con ferocidad, era perfecto.

Y yo, que en esencia era un aventurero y un ser salvaje, caí en el embrujo. La ley ya no era ese espacio universal prestado al equilibrio. La ley era un mecanismo acoplado a la escala social. La ley, que era y es cambiante, y desleal, funcionaba como herramienta del poder. Nosotros, los estudiantes, potenciamos la falsa meritocracia, la competición entre desiguales. El éxito y la realización residían en un espacio elevado al que habían amputado los conductos sociales. Era como si toda el agua del planeta residiese en la superficie del océano; como si todos los nombres que pueblan el mar hubieran perdido su derecho a ser pronunciados.

¡Por supuesto que tenía conciencia de clase! Pero esta compartía espacio con un fuerte sentimiento individualista, que relacionaba sentido y éxito. El sentido de la vida residía en el éxito, y este se medía dentro de una escala capitalista basada en la generación de riqueza. Esto era posible mirando solo hacia arriba, hacia las altas esferas: grandes firmas, grandes cuentas, asesoramiento a empresas, análisis estratégico en amianto. La autoconfirmación, o la confirmación que atribuye la meritocracia, solo se conseguía con grandes nombres. Ellos eran quienes trazaban las fronteras de la ciudad. Ellos dominaban el poder de la atracción.

Caímos en el opio del posibilismo. Todo era accesible. El ascensor social existía y era abordable. En nuestro último curso, los alumnos nos reuníamos con los grandes bufetes. Ellos nos explicaban qué eran, quiénes los integraban y a quiénes servían. Y cómo ser miembro y cuáles eran sus ventajas, qué requisitos debían reunir los aspirantes. Y de nuevo el clasismo: la formación de posgrado, la ultraespecialización, para quien pudiera pagarlo.

Sí, las grandes firmas apostaban por la ultraespecialización, por esa directriz formativa y educacional que exige la adquisición de múltiples conocimientos sobre una materia, por lo general, concreta y excluyente. Se trataba de ser el mejor en algo específico, muy técnico y exclusivo. Ser invencible en una parcela reducida de conocimiento y apartar las demás. Se trataba de conquistar aquella ínfima porción del mundo y olvidarse del resto. Descubrí parcelas del derecho que me eran desconocidas. El objetivo era elegir una de ellas y convertirme en su absoluto dominador; aspirar a formar parte de una gran firma, de una multinacional de prestigio.

¿Pero qué se escondía detrás de ese pensamiento laboral? Dependencia. Miles de jóvenes licenciados a la vera de los grandes bufetes y su monopolio. Miles de analfabetos, aspirantes a la clase alta, convertidos en engranajes, legos en sociología e historia, seres inmunes a los dramas del capitalismo. No existía la pobreza. No existía el fracaso. Con la existencia bastaba, así rompí el cascarón de mis padres, aspirando a crecer más que el resto, y distanciado de mi gran amor: la literatura.

Nunca renuncié a ella. Aun cuando intentaba trepar por aquella pared infinita y tan pulida que no ofrecía ningún saliente ni agarradera, pensaba en clave literaria, leía en clave literaria, soñaba con recuperar al yo primitivo que amaba la poesía. Y cuando me rebelé, cuando quise dar marcha atrás, cuando la vocación literaria pesaba más que la impudicia, cuando estaba cerca de ser ese otro yo mayúsculo que traería mi felicidad, mi exmujer me abandonó, con razón o sin ella, y estallé.

¿Debería decir que ella fue la causa? ¿Ella y FOK? Demasiado simple. No. La búsqueda del yo salvaje nunca es gratuita. Más aún cuando se fracasa. Podría hablar largo y tendido sobre el fracaso, sobre su magnitud constructiva. Pero al fracasar, al fracasar con estrépito y no renunciar a un segundo intento, a un tercer intento, a un cuarto intento y a un número infinito de intentos por edificar una casilla de salida con muros transparentes y amplias ventanas, se destruye. Se destruye lo que un día fue origen de lo inmediato y lo siguiente. Se reduce a cenizas la ciudad de Tebas. En ella solo hay peste y ríos de sombra. Pero Edipo, en este caso, se arranca los ojos antes de tiempo, sin advertir que Yocasta, con toda razón, se dirige a un lugar muy alejado de la tragedia. Y el rey de ninguna parte, que no ve, pero sí escucha y siente, y percibe la vastedad del palacio, del aire, del silencio de un reino sin habitantes, estalla, al igual que yo.

4
Descenso

1

Esta es la crónica de mi viaje al abismo. Mi tormento se asemejaba al imaginario de Dante. En él había oscuridad y llamas. Las sombras cobraban voz y convertían su presencia velada en un suplicio. Este abismo era profundo, y en sus paredes millones de bocas narraban historias del universo. Observaba desde el suelo una bóveda que no existía. El espacio se estrechaba cada vez más, y aquellas fauces, que eran también mandíbulas, dentaduras sin más músculo que la arena corrompida, me envolvían, pronunciaban mi nombre y exigían a gritos que me uniera a su condena.

Me pregunto qué habría pasado al aceptar, si hubiese renunciado a la luz entregando el único bien inquebrantable que me sostenía: la cordura. ¿Qué habría ocurrido si me hubiese convertido en una voz más, si no hubiera estado ligado a sus extremos regresando al silencio, a esa infinitud donde mi voz no era dañina y donde la verdad y sus normas carecían de importancia? El abismo puede ser infinito. Los nueve círculos de *La divina comedia* son limitados en comparación con el erial que persiste más allá del fin de los demás. En los días posteriores a aquella noche atroz, no estuve acompañado de Virgilio. Carecí de guías, de maestros para aliviar mi angustia. No era sencillo explicar que el entorno para mí ya no era el mismo. Ni tampoco actuar ignorando ese gran teatro que inundaba mis sentidos. Me recuerdo leyendo los poemas de Joan Margarit como si nada hubiera sucedido, como si en su lirismo se disipara la angustia. Tumbado en el césped del jardín, bajo un cielo rojizo y sin estrías, leía pretendiendo ser alguien corriente. Para ello, debía enfocarme en los versos y aceptar que el amor, la soledad y el final formaban parte de mí también. Tenía que contener mi ser y evitar que se dispersara; confiar en mis percepciones y descartar lo que mi mente —al menos, una parte de ella— consideraba irrefutable. Pero yo gozaba de una existencia, una profesión que detestar y un futuro prometedor —eso creía— como novelista, al igual que de motivos, innumerables motivos, para creer en mí, pero era incapaz de considerarme sincero, de suponer que mi entorno también lo era, de confiar en mis allegados, en aquellos distantes y en quienes alguna vez cruzaron sus vidas con la mía como seres auténticos. Ni ellos eran auténticos ni yo era un ser libre.

2

Durante aquellos días, mi relación con el entorno era de absoluta dependencia. Me sentí anclado a la falsedad, y también sentía que esta sobrevolaba a mi alrededor como si yo fuera su razón de existir, como si el espacio fuese un decorado. ¿Cabe el porvenir cuando nada es cotidiano? ¿Perviven la ética, mesura y equidistancia en el ser humano, cuando los detalles son premeditados, cuando el azar mismo es fruto de una elección perversa? ¿Es posible mantenerse firme cuando el suelo, las paredes y el cielo se tambalean como finas cartulinas? No lo es. No me fue posible. Mi lógica feneció en un laberinto de invenciones y nada pudo rescatarme de mi ingenuidad.

Tampoco podía reflexionar, porque el silencio era una ficción, y después de largas horas en blanco, el universo inventado, el mundo que me imponían miles de extraños surgía con violencia. Leer, solo leer. Pero la lectura contenía demasiada realidad tangible y yo estaba enfrentado a ella. La realidad, esa maldita realidad fortalecía sus estructuras y me hacía sentir especial, que todos mis esfuerzos estaban programados. Leer era un placer prohibido, porque la expansión de mi pensamiento y la erosión de sus límites podían sepultarme en el abismo. Y no hacerlo, no sumergirme en la literatura, significaba rendirme, perder el único motivo que me alejaba del caos. Así sufrí aquellos días. Aterido por la idea infame de que la existencia era un gran escenario, repleto de actores destinados a un único espectador. Y dentro de mí, como piezas de un rompecabezas al que le faltaban partes, mi otra realidad, quizá la única. Mis jornadas en la oficina y en los interminables pasillos del juzgado. Mis días y horas junto a mis seres queridos, ignorantes de la magnitud de mi descenso. Mis semanas como hijo enfermo, al que sus padres recetaban palabras de amor. Mi tiempo interminable como escritor frustrado, atrapado en una obra en desarrollo y abatido por el rechazo. Mi vida, siempre real y presente, cautiva a pesar del dolor por los rayos amarillos que suavizaban mi hogar. Debía mantener un terrible *equilibrio.* Nunca este término había significado tan poco para mí, o tanto. ¿Armonía? ¿Qué tipo de armonía era esa? ¿Era posible armonizar cordura y desvarío? Mi lucha no era un equilibrio cotidiano, típico de quien busca balancear sus emociones. Era una lucha de vida o muerte, de luz contra todas las sombras. O defendía mi cordura contra los otros pensamientos o ponía fin a mi ser, a esa existencia única que había renacido de una sola mitad; a esa vida inaplazable en la que todos cohabitaban falsamente, sin deseos ni voluntad de amarme, sin otro interés que fabricar felicidad. Mi existencia se había desmoronado. Cualquier esfuerzo por reunir sus fragmentos era inútil.

Me recuerdo, en ese verano previo al viaje, en el jardín, tumbado bajo el sol, en una hamaca, sin más protección que mis propias manos. Allí, así, jugaba a ser un hombre formal. A veces, me resultaba fácil divagar. Combatía lo inexistente con ráfagas de realidad, y así calmaba mi respiración. Pero ese oasis se evaporaba tras unos minutos, y ese yo victorioso al que me aferraba, cerrando los ojos, regresaba cabizbajo al gran escenario del mundo, a esa platea con cientos de voces. Mi respiración se agitaba de nuevo. Con los ojos cerrados, y presto a las brisas de la tarde, imploraba cordura, aquella en la que había cimentado una memoria desde hacía tantos años.

3

Recuerdo a mi gato. Cuántos días pudieron ser el último sin que lo supiera. Nada había cambiado. Comía y bebía con la misma tranquilidad. Acostado en el sillón del porche, protegido del calor en una esquina del desván, observaba mi existir pasar y se acoplaba con desdén, con arrogancia, con su magnética belleza felina. ¿Pudiera ser que no creyese que entre las muchas razones que impulsaban mis acciones se encontraba él? No fue mi guía. No fue mi Virgilio entre las altas depresiones de ceniza, pero fue un motivo. El motivo. Lo único tangible. La única ancla, junto al manuscrito de mi novela, que frenaba mi deriva. Él era pasado y presente. Él era futuro, porque mientras viviera, mientras maullara en cualquier rincón del hogar, arañando mi pecho como hacen los hijos indefensos, habría vida, y yo necesitaba sentirme vivo. Sin él habría explotado, como lo hacen los fuegos artificiales anónimos: solo, ineficaz y sin sabor. De hecho, si no hubiera tenido fuerzas para resistirme desapareciendo en aquel lodazal, solo él habría podido salvarme, quizá transformando esa lógica engañosa en un nuevo escenario, quizá rompiendo las múltiples ataduras de la existencia para que yo comenzara a vivir de nuevo.

¿Cómo regresar a la vida sin fingir mi compromiso con la vida incierta? O, dicho de otro modo, ¿cómo confesar mi rotura en mil pedazos? La confesión ante quienes no están obligados a soportarme más allá del compromiso social me estaba vedada. En aquel momento, no se hablaba del alma, ni de los males asociados al aislamiento y la incertidumbre. Confesarlos suponía arriesgarse a la exclusión, cerrar la mayoría de las puertas que escalonan la vida de mujeres y hombres. Suponía cercar el tiempo dentro de un espacio minúsculo, más insufrible que la cárcel e indigno como un poderoso altavoz.

Muchos detestan la vida en sociedad. Muchos no dependen de la complacencia del otro, de su aceptación, del agasajo. Muchos desearían prenderle fuego al mundo, y reír como reían los próceres de la Inquisición, con una mueca abstracta en sus rostros. Pero otros, entre los que me incluyo, aspiramos a vivir en sociedad como buenos seres sociales, como dignatarios de las buenas costumbres. Somos pasionales, si podemos aprehender la pasión del otro, si logramos captar su atención. Hacer pública nuestra deriva supone decir adiós, anunciar con dolor el estadio que la precede, es peligroso y nefasto, es el preludio de la muerte social. Aunque el mundo acepte la debilidad del hombre y se compadezca de ella, y alabe sus esfuerzos por combatirla, los mensajes que se reproducen a espaldas de este conducen al exilio. Solo los genios se salvan, pero no en vida. Pienso en David Foster Wallace, en Leopoldo María Panero o en estrellas inescrutables como Paul Celan. ¡Ay de ellos mientras vivían! Encerrados entre cuatro paredes, sujetos a una cama, aptos y celebrados muy lejos del mundo… Nada ha cambiado desde entonces. El mensaje público se diluye en un océano de disquisiciones y cuchicheos.

El loco, el débil, el ser que reproduce en su mente alucinaciones y no puede callarlas, que las hace pública siempre en la calle, merece el cariño del grupo y su inmediata expulsión. ¿Quién querría casarse con un antiguo siervo de Mefistófeles? ¿Entregaría el consejo de dirección de una multinacional su futuro a quien afirma haber escuchado los susurros de Dios? ¿De veras sirven de guía las palabras de quien gritó en la plaza pública, de quien durmió en sus soportales construyendo invasiones, imaginándose en manos de extraterrestres? ¿Caben para ellos las segundas oportunidades? No. En un mundo ampulosamente cuerdo, el loco subsiste lejos, muy lejos. Y para él, pensar en cobijarlo dentro del grupo es la perdición. Yo no podía permitirme abandonar la nave: o muerto a todos los efectos o muy vivo. Y si mi opción era vivir, debía hacerlo con el pecho henchido. Debía contenerme, debía entrenarme para interrumpir mis crisis, debía disimular cualquier pensamiento que amenazaba con retratarme. Imaginarán por qué. Porque yo era abogado y vivía de la cordura y la inteligencia retórica. Porque aspiraba a ser un escritor de renombre y contaba con una novela publicada y otra en ciernes; no deseaba otra cosa que el triunfo literario. Porque tenía a mi alrededor un círculo de amigos que me quería, que estaba presenciando mi resurrección, que aún solicitaba mi consejo frente a dilemas mundanos. Porque había tenido una esposa, una esposa que me había abandonado y me brindaba su condescendencia, haciéndome saber que era secundario, inferior a otros o a ella misma, inmaduro y frágil ante los desafíos de la adultez. Porque era un hijo único, deseo y objeto de unos padres a quienes la vida había planeado el espíritu y ahora renegaban de la paternidad entregándose a mí. Yo, que deseaba ser abogado, escritor, exmarido, marido e hijo único; yo, que me había impuesto una voluntad paupérrima; yo, que deseaba ser fuerte; yo, que un día ahogué mi debilidad en el marasmo de luces que alumbran la ciudad; yo, y solo yo, disfracé mi fragilidad con mentiras.

¡Ay de quien infravalora su poder! Todas mis razones no eran sino parte de un esquema catedralicio en el que no podía confiar. Sus ornamentos, siempre visibles, y sus muchos atardeceres, suponían todo y no significaban nada. Los necesitaba, porque si asumía que mi gran mitad rota ocupase gran parte de la otra, sus miembros debían ser gruesos. Debía, pues, pensar con claridad. ¿Y es fácil pensar? Imagínenme taponando las grietas de un dique. Imaginen el temblor de la ancha pared de cemento, el agua asomando por sus comisuras. Habrá momentos en que se crean invencibles, pero sus fuerzas terminarán agotándose, y las grietas se multiplicarán a su alrededor. La humedad se transformará en agua, y esta es un lago en cuyo fondo no habrá más geografía que la consternación. Si fuera tan fácil acceder a la cordura o mantenerla, la sinrazón no sería trágica, sino algo anecdótico, tanto como los males del cuerpo, males llenos de mundanidad. Si fuera tan fácil... Pero no lo es. Aunque lograse concentrarme en una sola elección, como mudar entre el blanco y el negro, como señalar el objeto brillante de una vitrina y decir «este», había una querencia a la oscuridad. Entre la imagen normal y esa otra desbordada y llena de aristas, este elegirá la segunda. La primera será siempre una ilusión, un instante fugaz, una representación de la felicidad a la que no tiene derecho. Él no es un ser malvado, sino alguien abocado a la expropiación. Un sujeto sin derechos, sin impulsos lúcidos, alguien desposeído de todo, incluidas las representaciones que produce su propia locura, porque siempre tratará de cohibirlas, siempre silenciará sus ruidos crueles.

Como diría el poeta, el loco es un ser sin fortuna que ingresa en el manicomio afirmando ser Dios y termina no diciendo absolutamente nada. Pero yo no podía permitirme el silencio. Callar suponía morir, morir para siempre; y nada me causa más pavor que morir, el olvido de quienes un día me observaron vivir. La angustia es una condena, y resistir bajo su yugo me era insoportable. Debía, pues, caminar salvajemente hacia el otro lado, hacia esa mitad en cuyos vértices debía sobrevivir. Detenerme en él hubiera sido como esposarme a una estepa. Ese miedo era terrorífico. Entonces decidí viajar y terminar el manuscrito, y mi padre, que no había escuchado lo que ahora les relato, me aseguró que yo estaba en plena forma. Dudaba, solo, de mi cordura.

CUARTA PARTE

NINGÚN OCASO DEMASIADO INTENSO

1
Narvik

Me dirigí a Narvik, mi último destino. Una ciudad sin detalles geográficos destacables, con un valle circundando su casco histórico y un puerto con barcazas de madera. Pero a Narvik llegué acompañado de Sue.

Sue, en un día y medio, se convirtió en una de las personas más importantes de mi vida. En la estación de autobuses de Tromsø, una joven de apariencia oriental se acercó con una pesada maleta. Su pregunta inicial se ha desvanecido en mi memoria, pero sé que respondí y ella sonrió. Se presentó como de Seúl, relató su recorrido y mencionó que Moscú sería su último destino. Además de viajera, Sue era escritora y fotógrafa.

El trayecto en autobús resultó breve a pesar de sus seis horas. Abandonamos las charlas triviales para abordar temas más profundos. Me habló de su vida, sus decisiones, sus aventuras. Pero ¿cómo describir toda su historia aquí? Necesitaría más tiempo y espacio.

Ella dejó todo para descubrir que la existencia es más que rutinas y comodidades. Aunque tenía una estabilidad en Seúl, decidió explorar el mundo. Empezó por Sudamérica, luego Europa, y en cada destino abandonaba un poco de sí misma y se llevaba un poco de la esencia de ese lugar. Su capacidad para vivir con plenitud cada momento me fascinó.

Después de una ruta llena de historias, recuerdos y reflexiones, nos encontramos en Narvik. Fue aquí donde compartimos pensamientos sobre la vida, la muerte, la vanidad y lo efímero de nuestra existencia, inspirados en las palabras de Lorca. Y, sin pretenderlo, le hablé de mi encuentro con Dios.

—Sí, con Dios. Hace unos días lo vi. Sentí que venía a mi lado, que me anunciaba algo, que me prometía un final feliz. ¿He perdido la cabeza? ¿Estoy deprimido? ¿Cómo puedo superar la tristeza si no soy capaz de escribir una sola palabra?

Trabajar y dejarlo todo. Asumir demasiado pronto que la vida es algo más que la acumulación de dinero y las comodidades que ofrece la zona de confort. Ella hablaba un inglés perfecto, con un acento americano que me sonrojaba y me convencía de que yo era inferior. Así se lo reconocí: «Soy inferior a ti, querida amiga». Sue siempre negaba con una sonrisa y me pedía paciencia.

¿De qué sirve trabajar para otros en una oficina, dentro de los muros de la ciudadela, sin más luz que el fin de la jornada laboral? Ella tenía un plan: reventar el sistema con mucho trabajo, con la codicia de quien aspira a manejar sus entresijos y con la habilidad de quien sabe controlar sus impulsos. Trabajaba en un banco e impartía clases de Inglés. Apenas descansaba. Tenía pocos amigos y no estaba en sus planes enamorarse. Era muy explícita.

—Adoro el amor y lo odio. Es un lastre. Es el motor de la vida. Es lo que nos protege del miedo. Es el miedo en sí mismo.

Anhelaba abandonar Seúl y hacerlo sola. Allí estaba su casa, en un barrio financiero. Dejaba su lujoso apartamento y sus enseres comprados al caer la tarde. Nadie dentro y nadie en las afueras. Era huérfana y su única hermana vivía en Atlanta. Nada la ataba a su país, salvo las reglas que ella misma había manipulado en su provecho. Cuando lo hizo, cuando consiguió reventarse y reventar también el sistema, dijo basta: «Ya tengo suficiente. Ya puedo clausurar mi domicilio, abandonar las cuatro paredes que me han visto delirar durante años. Ya puedo lanzarme a la conquista del mundo».

Sue tenía mi edad y había tomado una decisión similar a la de Amundsen: conocería el mundo. Lo visitaría a pie. Coronaría cada ciudad como si fuese la única, como si no hubiese más ciudades, como si solo cupiera descansar una vez alcanzada la cumbre.

Sue se despidió de una amiga. Y la amiga se despidió de ella. Ambas se despidieron tras cenar en un restaurante pakistaní. No hubo palabras de más. Solo un sentido adiós. Quisieron llorar, pero ambas sabían que era improcedente, que solo se llora a los muertos y deseaban vivir.

La maleta de Sue estaba lista, al igual que ella, al igual que su cámara fotográfica y sus cuadernos. Lista para partir. Primero viajó a Estados Unidos. Debía despedirse de su hermana. La suya no era una visita; no pretendía reencontrarse con el único miembro de su familia del que aún recordaba su nombre, que lo anhelaba y lo soñaba con emoción a miles de kilómetros. Su hermana, que compartía su vida con su marido norteamericano y con sus hijos, quienes nada sabían de Corea del Sur salvo las no tan fabulosas aventuras de su tía Sue, la observó en silencio, en riguroso silencio, pues no encontraba las palabras adecuadas para decir adiós. Intentó convencerla de lo imposible:

—Vive con nosotros. Busca la aventura en esta ciudad, en las muchas ciudades americanas que tan bien conoces. No arriesgues tu vida allende los mares, en países que nada saben de ti, con nativos que no hablan tu lengua, que no pretenderán entenderte y que sacarán provecho de tu inevitable fragilidad.

Sue había tomado una decisión: marchar o morir. Abandonarse o morir. Conocer otras tierras, con sus llanuras y sierras, o morir. Y había elegido vivir. Así se lo confesó a su amiga y así se lo expuso a su hermana. Se marchó sin estridencias ni dramatismo. Besó a sus sobrinos y al matrimonio. Besó a los cinco por igual. Ajena a las liturgias, alzó la mano y dijo adiós.

Eligió, como primer destino, Sudamérica. Toda Sudamérica. De sur a norte y de norte a sur. No hablaba español ni tampoco portugués. En sus incursiones al interior, a los muchos interiores del vasto continente, Sue se comunicaba con señas, describiendo objetos en el aire y malgastando su inglés con campesinos que la miraban con cortesía. En Brasil, contrajo paludismo. Quiso atravesar el Amazonas como quien afronta una larga avenida. Conocía los riesgos. Los asumió con optimismo. Y se salió con la suya.

Tras permanecer ingresada en un hospital, reinició la ruta. Tomó muchos autobuses y, en algún trayecto, viajó en automóvil guardando silencio. Grandes travesías a pie, con su mochila en la espalda, atenta a los cambios de color del campo y a las muchas señales que adornaban el cielo de la tarde. Comenzó su periplo en Bogotá y lo terminó, seis meses más tarde, en la misma ciudad y en el mismo aeropuerto, con un billete de regreso a Seúl quemándole las manos.

Seúl. De nuevo, la ciudad de sus ardores, el lujoso apartamento que abría sus puertas para ella. Impoluto, como siempre. Estéril, como siempre. Infernal, como las muchas estancias que la habían visto decrecer.

«Sue, qué bella eres», le expresé sin palabras, atónito e intrigado por su relato, por su despertar a la vida, por esa metamorfosis nada kafkiana que la hacía brillar como una estrella. Me preguntó si había leído el primer libro de Federico García Lorca. Le dije que sí. *Impresiones y paisajes*, un libro escrito en prosa, cuyo único protagonista era España. Ella lo había leído en inglés, pero de su mochila sacó una edición facsimilar de la editorial Comares. Había subrayado sus páginas. Aspiraba a leerlo en español, aunque no hablase una sola palabra. En sus párrafos percibía un sonido clarividente. Me pidió que leyese un fragmento, uno elegido al azar. Lo hice. Y seguí leyendo, mientras miraba a Sue. Y, aunque necesitaba parar, ella me insistía.

Sue recitó en español:

> Pero todo tiene cabida en el hombre, menos la vanidad después de la muerte. Y se piensa en aquellos señores que, desde jóvenes, preparaban sus tumbas haciéndose esculpir sobre mármoles y rocas para que después los miraran y se aterraran ante ellos, como se aterró nuestro amado Cervantes en la catedral de Sevilla...

El nombre de Cervantes sonaba bellísimo en sus labios, en su complicada musculatura. Me preguntó si recordaba ese pasaje. Dije que sí, que lo recordaba muy bien, que lo leía de vez en cuando, al igual que releía algunos cantos de la *Odisea*. Qué difícil me era hablar de vanidad. Y cuánta facilidad mostraba ella al despreciarla, como si fuese un mal sueño o una pesada digestión. La vanidad... Pero ¿no miraba yo a mi nueva amiga con vanidad? Si en algún momento lo hice, ella regresó a la prosa de Lorca, a esos primeros versos que hilvanaban su pensamiento. Gracias a él, viajó a España. Primero recorrió el Camino de Santiago. Me enseñó muchas fotografías. Eran bellas, amarillas y luminosas. Era la visión de Sue trasplantada al paisaje. Me nombró pueblos y ciudades. Recorrió la geografía de mi país con soltura y devoción. Me examinó, sabiendo que suspendería.

Eso no me importaba. Quería aprender de ella. De Santiago de Compostela voló a Sevilla. Su intención era regresar a Galicia recorriendo algunos tramos de la Ruta de la Plata. A Santiago regresó, pero tomó un camino distinto. Se perdió en el camino. En Huelva, cruzó la frontera con Portugal. Se dirigió al faro de Trafalgar. Contempló uno de sus muchos atardeceres. Rodeada de portugueses y españoles, en una de las rocas del amplísimo acantilado que da la bienvenida al océano Atlántico, disfrutó de la puesta de sol y tomó fotografías que solo yo vería. Se arropó con una manta cuando cayó la noche y todos se marcharon. Una semana después llegó a Lisboa, mi amada Lisboa. Se me iluminaron los ojos cuando mencionó su nombre, cuando citó a Saramago, cuando me relató los detalles de un concierto improvisado en el malecón. Dijo haber apreciado el encanto de la ropa gastada. Arte urbano. Arte libre. Melodías desnudas. Nostalgia barata. Nostalgia de compañías inciertas. El eco del mar se cristalizaba entre las piedras, donde moría la digresión de los espejos. La soledad de un guitarrista, comentó, cabía en su funda. Esta, al igual que una mochila, daba sentido a la escasez. En la casa del poeta, sintió desasosiego. Era imposible no asumir su soledad y su confesión moral ante el mundo. Sus heterónimos irrumpieron en una noche de delirio. Primero, Álvaro de Campos. Luego, Ricardo Reis. Ninguno era Fernando Pessoa. Ninguno era Sue. Frente a los libros del maestro, recordó una pregunta que le hizo a su padre cuando era niña: «Papá, ¿si te mueres, ya no puedes seguir viviendo?». La pregunta era sencilla, al igual que la respuesta. Pero prometió: «Lo haré», a menos que excluyamos de la ecuación palabras como *hospital, accidente, balística, globalización, gas, geoestrategia, terror, hambruna, malaria* e *infección*; o conceptos más complejos como *cordón humanitario, daño colateral, política de inmigración, proceso de asilo, campo de exterminio, Consejo de Seguridad* y *veto*. De lo contrario, algo tan absurdo como la vida feliz de los muertos sería, para tranquilidad del padre y de sus hijos, la más hermosa de las mentiras. Cuánta filosofía albergaba Sue.

En las playas de Estoril, sintió el agua mordiéndole los tobillos. Se trataba de la sinfonía del delirio. A pesar de estar preparada para un día de playa, el viento soplaba con fuerza. Paseó por la arena, contempló el fuerte oleaje y gritó al viento que era libre. Siguió su camino. Se trataba de la segunda vez que visitaba Oporto. El problema ahora era que no recordaba las razones. Oporto estaba plagada de recuerdos, y así debía continuar siendo. Era una ciudad empedrada, al igual que sus fachadas. Le gustaba esa doble piel lluviosa que estrechaba las calles. El corazón de la ciudad representaba un gran mosaico de esquinas. Esquinas tan contenidas como el ruido de los bares. Había un vapor encapsulado sobre el río, que servía para macerar el fango y repudiar la vejez de la amplia ladera. Después de bordear el cauce del Douro, caminó por los pasadizos que conducían a la rúa Das Flores. La abrumaba el ruido del asfalto, ese chirriar de neumáticos y cristal que la hacía sentir cómoda y triste a la vez. Sus pensamientos ocultaban otros más profundos. Era como volver a la vida teniendo antecedentes. Buscaba pureza y a veces no la encontraba.

De Oporto partió rápidamente hacia el norte. La carretera le evocaba recuerdos. El paisaje boscoso que dejaba atrás parecía desvanecerse. Predominaba el silencio, su silencio. De vez en cuando, hacía una pausa en un área de servicio. El viento mecía las copas de los pinos. Alguien parecía haber despojado a estos árboles de su espíritu.

A ella no le afectaba.

Tras cruzar de nuevo la frontera con España, visitó el faro de Vilán. Este faro y su base de roca pulida contrastaban con el mar agitado por las olas. El sendero hacia la cima estaba lleno de piedras. El viento soplaba y las huellas de los visitantes previos se marcaban en el suelo. En la Costa da Morte, los escarpados acantilados conformaban una metáfora del mundo. Las fachadas de sus casas retenían la humedad. Era una humedad incrustada, que teñía todo de un matiz grisáceo, y, de ese modo, la llovizna daba la bienvenida.

Sue serpenteaba por esas tierras, a veces buscando la autopista. Esa elección la llevó a Santiago de Compostela por un camino muy distinto al, en inicio, planeado. Pero no importaba. Sue tenía tiempo. Sue tenía energía. Sue caminaba sin dejar que sus pies se detuvieran. A través de las regiones de España y Portugal, al igual que lo hizo Unamuno. Sue era una magnífica continuadora del maestro. Una escritora brillante que había decidido convertir su vida en un viaje. Ella creía que se parecía a mí, que mi propósito en Noruega no se diferenciaba del suyo. Yo viajaba para escribir, al igual que ella, al igual que muchos de los que nos precedieron. Sin embargo, había una distinción: los artículos que Sue escribía para la revista de una aerolínea eran objetivos, tal vez demasiado periodísticos.

Sue tuvo la fortuna de encontrar a alguien con quien compartir un recuerdo y, rebuscando en su mochila, extrajo un cuaderno de tapas duras. Entonces consultaba el índice y, con entusiasmo, abría la página correspondiente.

Así lo hizo conmigo.

Aún me pregunto por qué. ¿Por qué decidió abrirse con un desconocido y no con las innumerables estrellas matutinas que iluminaban el camino? ¿Tenía razón y realmente éramos tan parecidos? ¿Había aparecido en mi vida para salvarme de mí mismo, de la vanidad descrita por Lorca, la cual ella desestimaba con un simple gesto? Tras casi seis horas de viaje y ya cerca de Narvik, volvió a abrir el libro *Impresiones y paisajes*. Me pidió que continuara la lectura.

> Pero qué trágico y endemoniado es el tiempo. En la mayoría de los sepulcros que contemplo, ya no hay nadie. Los que en ellos dormían esperaban la luz y fueron esparcidos por los suelos en esos momentos de locura del pueblo. En algunos aún existe una calavera, un hueso que parece un trozo de carbón o de plomo, y las arañas, grandes amigas de la oscuridad y el silencio. Ya no pensamos que aquel túmulo o altar que tenemos delante sea un sepulcro; una vez desaparecido el cuerpo, pierde toda la salmodia funeral. ¿Formamos nosotros el espíritu de las cosas? ¿O es que el cuerpo es el sepulcro? En efecto, una vez roto el misterio de la urna, pierde todo su triste encanto, porque al carecer de su origen y su pensamiento principal, lo demás es muy secundario desde el punto de vista de la primera impresión. Por eso los sepulcros con un hombre recién muerto poseen ese miedo constante de

medianoche y ese morboso encanto del querer y no querer levantar la cubierta para mirar, y no mirar, el horror de la putrefacción.

Hoy todo ha pasado para esos montones de piedras labradas que encierran un hueso o la asfixiante oscuridad. Al observarlos, nos vienen visiones de aquellas épocas lejanas y nos hacen soñar con tiempos pasados. Pero solo pensamos en lo tremendo de la vanidad humana, tan castigada y burlada por los siglos aplastantes. Y, sobre todo, pensar que todo esto acabará, pues incluso el mundo y la eternidad son un sueño infinito.

Sue prometió que la próxima vez que nos viéramos sería capaz de leer con mi misma entonación, con la grandilocuencia de quien recita y piensa, de quien piensa y siente, de quien siente y muere. Narvik suponía para mí una ciudad como cualquier otra, sin nada especial. El autobús se detuvo en una estación anodina, expuesta al sol, cuyo único atractivo era mi amiga. Recogió su mochila con destreza y preguntó al conductor en qué dársena salían los autobuses a Lofoten. Luego se dirigió a mí con una sonrisa y un abrazo. Algo ocurrió entonces. Quizá el mío fue un gesto desconsolado, el adiós de quien ya no sabe seguir solo. Quizá el de ella fue un abrazo lleno de esperanza. Tal vez no estábamos preparados para la despedida. Pero yo sabía cómo se alejaba Sue. Sin soltarnos la mano, creí verla a lo lejos, en el autobús que se dirigía a ninguna parte, centrada en su cuaderno, en su memoria o en la siguiente etapa del viaje. Entonces ella murmuró algo. Habíamos hablado mucho de ella y poco de mí. Apenas unos esbozos. Algunas afirmaciones sobre el destino, propósitos futuros y de enmienda, y nada más. Quería seguir charlando, aunque solo fuese un par de horas, aunque lo urgente demandase rapidez. Me invitó a comer y acepté. ¿Cómo no hacerlo? Confesó, sonrojada, no conocer ningún restaurante en Narvik. Yo dije lo mismo.

Antes, Sue quiso dejar su aparatosa mochila en la biblioteca de la ciudad. Al regresar del almuerzo, a solo diez minutos de la salida del autobús, comprobamos que la biblioteca había cerrado sus puertas. Sin equipaje hasta el día siguiente, Sue debía pasar la noche conmigo. No, queridos amigos, el rumbo de este relato no se desvía hacia el erotismo. O quizá sí, quién sabe. El final de mi viaje estaría marcado por la aparición de una mujer, un ser misterioso y hermoso, cuyo rostro no se apagaba con los contratiempos.

Cenamos en una pizzería. Tras beber la primera cerveza de un trago, me preguntó:

—¿Y bien?

—¿Y bien qué?

—Explícame el motivo de tu melancolía.

—Me han abandonado y estoy deprimido.

—Entonces, la tuya es una pena de amor.

—Creo que sí, aunque no estoy seguro.

—¿Y solo por eso pretendes imitar a FOK?

—No lo pretendo. Es más, detesto hacerlo.

—No lo hagas.

—Dime, si lo sabes, cómo puedo evitarlo.

He intentado describir a Sue con objetividad, resaltando su belleza física. Cuando me habló de quién era, cuando supe que reunía muchas de las cualidades que yo ansiaba, la veneré. Pero no fue justo. La veneración es un insulto, una degradación, un modo de empujar al otro hacia un lugar sin retorno. ¿En quién pensé cuando afirmó ser escritora y fotógrafa? En FOK. En él y en sus crónicas desde el Congo. En él y en mi exmujer. Durante el trayecto, pensé que mi amiga era su igual, que el azar finalmente me permitía encontrar un equilibrio, y que nada deseaba más que enamorarme de ella. Fue injusto, desleal y delirante. Estaba reduciendo a un ser extraordinario a un objeto. Le pedí que me explicara su trabajo como escritora y que me hablara de sus reportajes publicados. Le rogué que me desglosara las principales claves de la aventura.

La veneré, sí, porque ella me escuchaba con atención. Porque me creyó cuando le dije que era escritor, que tenía algo que contar y que mi visión del mundo importaba. Le hablé del Congo y del coltán. Debatimos sobre crímenes contra la humanidad y compartí mis objetivos como abogado. Era la nuestra una conversación sincera, a veces cliché, pero bella. Peligrosa, obsesiva e inútil. Los seres celestiales no existen. Son seres bíblicos con los que sueño, pero sé que no existen. Ojalá me equivoque. Ojalá haya muchos de esos seres rodeándome. Ojalá regrese a la tierra convertido en uno de ellos. Pensé fervientemente que Sue era poesía, y se lo dije. ¿Y qué hizo ella? Pidió otra cerveza, me tomó una fotografía y sugirió ir al hotel.

2
Aeropuerto de Oslo

Escribí…, y terminé. En el aeropuerto de Oslo, sentado en una de sus impersonales cafeterías, susurré la palabra *fin*. Allí, en la antesala de mi regreso, terminé, por fin, la ansiada novela. No grité, porque era improcedente, pero sonreí. Al contrario de lo que pude imaginar, culminé el propósito de mi viaje.

Cerré el cuaderno y saqué el libro de Karl Ove.

Observé su rostro en la portada, y lo acaricié.

Entonces, un hombre sentado a mi derecha me dijo:

—¿Te ha gustado?

Lo miré.

Sí, el mismo rostro que el de la portada.

Los mismos ojos azules. El mismo cabello abundante y espeso cayéndole por los hombros.

Silencio.

¿Silencio?

No.

—Sí, señor Knausgård.

Ambos sonreímos.

—¿Quieres que la comentemos? Mi vuelo no sale hasta dentro de un par de horas y, aunque parezca mentira, no soporto la soledad en los aeropuertos —me ofreció.

—Se lo agradezco, pero no hace falta.

No me despedí.

No, no me despedí.

Y hoy, mientras escribo estas líneas, recuerdo las últimas palabras de Sue, el mismo día en que publiqué mi segunda novela, y dos días antes de que ella falleciese en un hospital de Seúl:

—Recuerda, amigo mío, ningún ocaso es demasiado intenso.

Índice

Esta primera edición de
Ningún ocaso demasiado intenso
se terminó de imprimir
en los talleres de Tórculo
el 15 de mayo de 2024,
ciento treinta y ocho años después
del fallecimiento en Amherst (Massachusetts)
de la escritora estadounidense Emily Dickinson.